Magic Olympe

Mise en pages : Clémence Courot et Suzanne Tassel

57, rue Gaston Tessier, 75019 Paris
ISBN : 979-10-401-2085-8
www.editionsdelamartiniere.fr
Conforme à la loi n° 49-956 du 16 juillet 1949
sur les publications destinées à la jeunesse.

Théo Kotenka

Magic Olympe

2 Des héroïnes en or

La Martinière
Jeunesse

Aphrodite,
ne vois-tu pas quelle grande déesse c'est ?
On ne saurait dire ni mesurer l'étendue
de sa puissance. C'est elle qui nous nourrit,
toi, moi et tous les mortels.

Tragédies, tome VIII, 4e partie : « Fragments de drames non identifiés », Euripide, traduit par François Jouan et Herman Van Looy

ENFERS GRECS
C'EST UNE CATASTROPHE !

CINQ TITANS SE SONT ÉCHAPPÉS !
QUOI ?
C'EST AFFREUX!
MAIS COMMENT ONT-ILS VAINCU LE CERBÈRE ?
C'EST VRAI ÇA, MÊME MOI JE NE POURRAIS PAS.
IL AVAIT ÉTÉ PRIS DANS UN PARADOXE TEMPOREL...
C'EST LA MARQUE DE CRONOS. IL GAGNE EN PUISSANCE SUR LA TERRE DES MORTELS.

C'EST TROP !
ALLONS-LUI BOTTER LES FESSES !
ARTÉMIS, RAPPELLE-TOI...
NOUS BATTRE CONTRE LES TITANS BLESSERAIT TROP DE MORTELS.
CE N'EST PLUS NOTRE TRAVAIL...
... MAIS CELUI DES HÉROÏNES MORTELLES QUI ONT REÇU NOS ARMES.
C'EST SI FRUSTRANT !
PATIENCE, MA SŒUR.
NOTRE SITUATION EST CERTES CRITIQUE...

« ... MAIS NOUS DEVONS FAIRE CONFIANCE AU DESTIN. »
FRÈRES ET SŒURS, ADMIREZ CE CIEL ÉTOILÉ.
CETTE VOÛTE CÉLESTE DONT LES DIEUX NOUS ONT PRIVÉ SI LONGTEMPS.

BIENTÔT, ELLE NOUS APPARTIENDRA DE NOUVEAU ET NOUS RÉGNERONS DEPUIS SES HAUTEURS.
FAITES-MOI CONFIANCE.
IL EST VRAI QUE TU NOUS AS DÉLIVRÉS, CRONOS.
MAIS TU AS DÉJÀ ÉCHOUÉ FACE AUX HÉROÏNES DES DÉESSES.
MOI, JE N'ÉCHOUERAI PAS.
TU SEMBLES BIEN SÛRE DE TOI, THÉIA.
TU N'AS POURTANT PAS RECOUVRÉ TA PLEINE PUISSANCE.
HÉ HÉ.

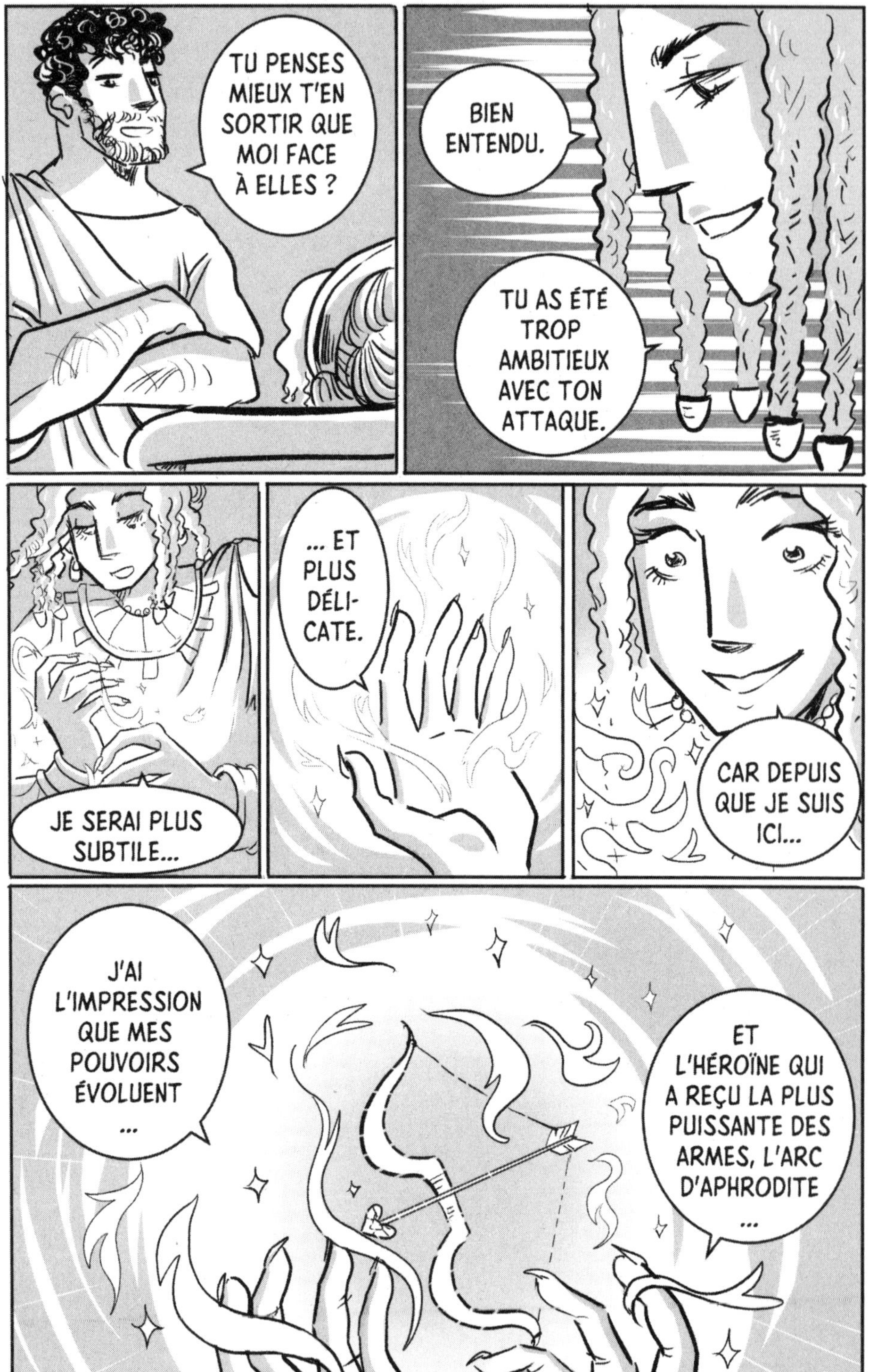
TU PENSES MIEUX T'EN SORTIR QUE MOI FACE À ELLES ?
BIEN ENTENDU.
TU AS ÉTÉ TROP AMBITIEUX AVEC TON ATTAQUE.
JE SERAI PLUS SUBTILE...
... ET PLUS DÉLI-CATE.
CAR DEPUIS QUE JE SUIS ICI...
J'AI L'IMPRESSION QUE MES POUVOIRS ÉVOLUENT ...
ET L'HÉROÏNE QUI A REÇU LA PLUS PUISSANTE DES ARMES, L'ARC D'APHRODITE ...

... SAURA LES APPRÉCIER, J'EN SUIS CERTAINE.
JE LUI DONNERAI TOUT CE QU'ELLE DÉSIRE...
... PUIS JE LA CUEILLERAI COMME UNE FLEUR.

CHAPITRE 1

DES AXOLOTLS ET DES DIEUX

Ce n'est pas ma première année à l'institut Sainte-Percaline, mais je vous jure que je n'ai jamais connu un tel chaos. Pourtant, j'avais tout prévu pour que ça se passe bien.

À l'approche des vacances de la Toussaint, j'ai bien fait la liste des choses que je voulais rapporter à la maison et celles que je laisserai dans notre chambre. Je l'ai même photocopiée, au cas où je la perdrais. Deux jours avant de partir, j'ai aussi pensé à faire ma lessive à la laverie de notre bâtiment, pour éviter les embouteillages de dernière minute. Sans oublier l'après-midi repassage dans l'une de nos salles communes. Personne ne m'avait imitée… Ça me dépasse, mais ça tombait plutôt bien : j'ai pu regarder *Une femme de tête*, un de mes films préférés avec Katharine Hepburn, sans que personne ne se plaigne que c'était ringard. Reste qu'on pourrait penser que sur quatre cent cinquante élèves dont plus de la moitié sont plus âgés que moi, d'autres auraient anticipé aussi. Mais non. Ma valise était prête hier et j'avais prévu de ranger mon pyjama et mes affaires de toilette dans mon sac à dos ce matin. J'ai soigneusement vérifié que je n'avais rien laissé dans la salle de bains et je me suis levée tôt pour me préparer tranquillement.

Il est huit heures trente, je suis lavée, habillée, j'ai mangé et… me voilà au milieu d'une tempête. Mes camarades de chambre courent partout tandis que l'internat entier entre dans notre dortoir comme dans un moulin.

— Ophélie, tu as emprunté mon livre de physique chimie ! Je vais en avoir besoin, s'exclame Hermine qui a commis l'erreur fatale de le lui prêter.

Ophélie, qui était assise sur sa valise dans une vaine tentative de la fermer, se relève. Évidemment, tous ses vêtements débordent aussitôt. Elle ne s'en formalise pas.

Sous sa frange épaisse de cheveux châtains, elle semble protégée de tout. Surtout de mes réflexions irritées lorsqu'elle met ses chaussures sur son lit. On dirait qu'elle ne m'entend pas, mais je doute qu'elle y mette vraiment du sien. Le plus exaspérant, c'est que malgré sa nonchalance, elle me dépasse dans certaines matières. En français, elle a toujours de bonnes notes en rédaction sans faire aucun effort. Et tous les professeurs l'aiment bien grâce à son humour et à son sens de la repartie… Dommage qu'elle n'ait pas celui de la propreté : au pied de son lit, le sol est couvert de liasses de textes de théâtre et de vêtements sales. Et elle s'en fiche royalement.

Elle retrouve enfin le manuel, fondation de sa monstrueuse pile à lire sur sa table de chevet (elle emprunte des dizaines de romans à la bibliothèque et ne les finit jamais, c'est insupportable). En le retirant, elle fait tout tomber et rend son bien à sa propriétaire sans chercher à ranger derrière elle.

— Tu ne vas pas rapporter les autres livres à la bibliothèque ? je lui lance depuis mon lit, bien sûr déjà fait.

— Bah, une semaine de retard de plus ou de moins, répond d'un ton désinvolte Ophélie avant de ramasser ses habits et de les rouler en boule pour les faire ravaler de force à sa valise.

Mon cœur se met à palpiter de stress. Elle me donne le vertige. Et elle enfonce le clou en assénant :

— De toute façon, toi, tu es prête, Laura. Alors profite et arrête d'être sur notre dos.

J'allais répliquer mais la porte, à peine refermée, s'ouvre de nouveau sur Gaëlle.

— Nour, tu as toujours ma planche de ouija ?

Nour ne l'entend pas tout de suite. Elle a téléchargé des épisodes de podcasts sur des légendes urbaines qu'elle laisse tourner en fond pour se « détendre ». Je ne vois pas bien ce qu'il y a de relaxant là-dedans, mais au moins, elle a mis ses écouteurs. Elle écoute ses récits horrifiques tout en pliant et repliant ses affaires, étalées un peu partout. Elle fait les choses soigneusement, je peux le lui accorder. Mais peut-être un peu *trop* soigneusement : c'est la cinquième fois qu'elle plie et déplie le même boléro en dentelle noire. Je lui tapote l'épaule pour lui montrer qu'elle a de la visite. Aussitôt, elle s'active et retourne cahiers, vêtements et autres bricoles pour remettre la main sur la fameuse planche de ouija.

Derrière Gaëlle apparaît alors un garçon aux cils incroyablement longs et noirs. Je suis un peu jalouse de lui, d'ailleurs, car les miens sont juste blonds et courts…

— Sophie ? dit Dara, hésitant.

Elle sursaute, interrompue dans son ouvrage. Puisqu'à l'internat, nous n'avons pas de téléphones et que notre accès à Internet est limité, Sophie a décidé de se lancer dans le crochet. Et ça lui a plutôt réussi : en deux semaines à peine, elle a même fini un gilet multicolore en *granny squares*. Là, elle a décidé de fabriquer des axolotls pour chacun de ses amis et, selon elle, il faut absolument que nous partions avec nos cadeaux... Résultat : alors que sa valise n'est pas faite, elle crochète à toute vitesse.

— Oh ! C'est toi, Dara. Heureusement, j'ai fini le tien !

Elle fouille dans le sac de laine que lui a envoyé sa grand-mère et en extirpe un petit animal violet.

— Merci, il est super mignon ! J'étais passé te donner ton exemplaire du *Petit Percalin*. Tu ne l'avais pas encore récupéré, dit-il en lui tendant le journal de notre institut.

— Génial, fais voir ! Oh non... Ils ont imprimé les solutions des énigmes à l'endroit ! Ça gâche tout le challenge.

Ils ont vraiment un sens des priorités qui me dépasse, ces deux-là. Elle pouvait très bien l'avoir à la rentrée, son journal, et nous, on peut largement

attendre pour nos axolotls ! Et les voilà qui commentent les pages jeux du *Petit Percalin* comme si c'était plus important que… d'être à l'heure pour prendre son train, par exemple ?

— Un problème avec l'impression du journal ?

La question vient de Mégane, notre dernière camarade de chambre qui entre dans la pièce d'un pas énergique. C'est une grande fille aux cheveux courts. Elle a déjà fini de préparer ses affaires. En même temps, elle n'emporte qu'un petit sac : facile. En dehors de ses équipements de sport, il faut dire qu'elle n'avait pas apporté grand-chose à l'institut. J'aurais bien aimé discuter avec elle, puisque nous étions les seules à être prêtes. Ça aurait fait passer le temps un peu plus vite. Mais une fois ledit sac bouclé, elle a purement et simplement disparu de notre chambre.

— Oui, les solutions des énigm…, commence Sophie.

— Qu'est-ce que tu fabriquais ? dis-je en l'interrompant.

— Paola a eu l'autorisation de donner les réserves périssables du self aux sans-abri, vu que c'est les vacances. Elle avait besoin de bras pour charger le camion de l'association qui s'en occupe, répond Mégane.

— Pourquoi tu ne m'en as pas parlé ? Je serais venue aider avec toi.

— J'étais descendue lui dire au revoir et c'est là qu'elle m'a proposé de filer un coup de main. C'est tout, explique Mégane tranquillement.

Je me sens soudain très coupable. Contrairement à elle, moi, je n'ai pas songé un instant à aller souhaiter de bonnes vacances à notre dame de la cantine. Même si j'aurais assisté Paola avec plaisir pour aider les sans-abri, j'ai un cœur quand même ! D'ailleurs, à la différence d'Ophélie, de Nour et de Sophie, je n'ai reçu aucune visite pour ce dernier jour… Je guette la porte, espérant que quelqu'un vienne me dire au revoir, mais c'est Samantha, la surveillante, qui surgit et pousse un cri en voyant le désordre qui règne dans la chambre :

— Mais enfin, les filles ! Le bus pour la gare part dans un quart d'heure. Dara et Gaëlle, qu'est-ce que vous faites là ? Nour, ta maman t'attend déjà !

En dix minutes, c'est plié, Samantha déploie sa magie : la valise d'Ophélie est refermée et celles de Nour et de Sophie sont faites. Cette dernière parvient même à terminer ses axolotls à temps. Nour va déjà nous quitter. Sa mère l'attend à quelques mètres. Elle a fait tout le chemin depuis Montpellier pour venir la chercher. Nice, la ville où vivent mes parents, est techniquement bien plus près de Sainte-Percaline-sur-Mer que Montpellier. Mais eux ne me l'ont pas proposé.

J'essaie de ne pas trop y penser.

Sophie nous enlace, les yeux brillants, et distribue ses créations à la ronde. Elle me donne à moi aussi un peu envie de pleurer, mais je ne vais quand même pas me laisser aller devant les autres. Malgré le chaos habituel dans notre dortoir, je sais que les filles vont me manquer. D'autant que…

— On veillera sur vous, ne vous inquiétez pas !

Nous levons les yeux vers un pigeon perché dans un arbre ocre qui commence à se dégarnir, au-dessus de nous. Un pigeon ordinaire, gris, avec des petits yeux orange presque inquiétants…

Sauf qu'il n'a rien d'ordinaire puisqu'il s'agit en réalité du dieu grec Hermès.

En fait, j'aurais peut-être dû commencer par là. Parce que Sophie, Ophélie, Nour, Mégane et moi, nous ne sommes pas non plus des collégiennes comme les autres. Nous formons

les Magic Olympe. Les déesses Déméter, Artémis, Athéna, Hestia et Aphrodite nous ont remis des armes magiques, qui font de nous des héroïnes dignes de la mythologie. En toute discrétion cela dit, car quand nous prononçons «*Mikros*», nos armes prennent l'apparence de bijoux vintage que nous seules pouvons voir. Et c'est tant mieux, car j'ai hérité d'Aphrodite d'une broche en forme de coquillage ultra-kitsch qui se change en arc et flèches. Autant j'adore quand elle sert d'arme, autant, en accessoire, elle ne va avec *rien*.

Nour, elle, cache ses bijoux derrière son épaisse chevelure. Des boucles d'oreilles qui se transforment en casque d'Athéna lui permettant de lire dans les pensées. Si Mégane ne gardait pas tout le temps les mains fourrées dans ses poches, vous verriez sa bague qui se change en torche d'Hestia. Elle peut l'utiliser de façon bienveillante, pour nous réchauffer par exemple, ou parfois plus agressivement. Sophie a dissimulé sous une ribambelle de perles et de breloques le bracelet doré de Déméter qui devient une faucille, lui permettant de faire pousser et de contrôler les plantes. Quant à Ophélie, elle porte sous son écharpe un pendentif qui se transforme en croissant de lune boomerang d'Artémis contrôlant les mouvements de l'eau.

OK, ça a l'air complètement absurde de devoir sauver le monde à douze ans, armées de nos bijoux… mais « nécessité fait loi », *dixit* mon père. Pour résumer, le Titan Cronos s'est évadé du Tartare – la prison des Enfers, pas le steak cru comme l'a d'abord pensé Ophélie. Les déesses ont décidé que nous allions nous battre pour elles. Pourquoi ne règlent-elles pas leurs problèmes elles-mêmes avec les dieux ? Eh bien, ils sont si puissants que si une bagarre éclatait, ça causerait de grandes catastrophes sur Terre. Alors que nous, on peut faire ce qu'il faut sans tout détruire au passage. Hélas, même si nous avons survécu à notre première rencontre avec Cronos, nous avons échoué à le capturer. Nous devons nous entraîner. C'est pour ça qu'Hermès est à l'internat. Il nous surveille et, quand nous avons du temps libre, il nous guide pour apprendre à utiliser nos armes. Là, comme je disais, il a l'air d'un pigeon, mais parfois, il se fait passer pour un garçon que je trouverais très beau si je ne savais pas que c'était un volatile de plus d'un millénaire. Un « truc de dieu », selon lui.

— Vous pourrez même m'utiliser pour vous transmettre des messages, reprend Hermès depuis sa branche. Après tout, je suis le dieu messager.

— Désolée, Hermès, mais le monde a évolué depuis l'Antiquité. Aujourd'hui, on a quelque chose de bien plus efficace que les pigeons voyageurs : ça s'appelle « Internet », lui explique gentiment Sophie.

Hermès gonfle ses plumes avec indignation.

— Je sais très bien ce que c'est ! Nour m'a tout expliqué ! Mais avec tous ces... cookies, ces logiciels espions et ces virus, le courrier à l'antique est plus sécurisé.

— Je pense que je vais sérieusement considérer ton offre, soupire Ophélie. Mes parents ne veulent pas me racheter un téléphone. Ils disent que ça m'apprendra à respecter les règles...

En même temps, c'est vrai qu'elle n'aurait pas dû l'apporter ici. L'usage des téléphones est limité à l'institut et, pourtant, elle a caché le sien sous une latte du dortoir pendant des semaines. Ça n'a heureusement jamais été découvert et elle a pu l'utiliser pour la bonne cause. Grâce à son téléphone, nous avons pu localiser Sophie lorsqu'elle s'est fait capturer par Cronos. Mais malheureusement, lors de notre premier affrontement contre le Titan dans une grotte au beau milieu de la mer, il a pris l'eau. Une part de moi pense que c'est mérité... mais c'est vrai que sans elle, on aurait eu beaucoup plus de mal à retrouver Sophie.

— En plus, à la maison, il n'y a qu'un seul ordinateur et il est placé dans le salon. Imaginez si vous me prévenez d'une attaque de Titans par mail pendant que mon père, qui est une vraie commère au passage, lit par-dessus mon épaule, poursuit Ophélie.

— Depuis Cronos, rien ne s'est passé… Peut-être qu'il ne reviendra pas, hésite Nour qui est décidément beaucoup trop optimiste.

— Euh, il avait l'air fâché comme il faut quand Sophie l'a battu. Genre : « JE REVIENDRAI POUR M'EVENGER ! », réplique Ophélie en imitant sa grosse voix de Titan. Même s'il était bien trop couvert d'algues pour dire quoi que ce soit, on applaudit notre héroïne !

Pour ponctuer, elle frappe dans ses mains mais a juste le temps de faire un *clap* avant qu'on nous appelle pour monter dans le bus. Nous quittons Nour à regret. Mégane et elle ne se frôlent même pas, mais elles échangent un regard qui en dit long. Elles ont le genre d'amitié qu'on voit dans les livres. Je me sens tout de suite un peu exclue, mais Sophie attrape mon bras en même temps que celui d'Ophélie.

Je me tourne une dernière fois vers le bâtiment où se situent nos dortoirs, le self, la bibliothèque et nos salles communes. Je ne prends pas le temps d'apprécier ces vieilles pierres tous les jours mais là, je m'en imprègne avant de partir. Ça me rappelle l'exposé que j'avais fait dessus l'an dernier. J'avais appris qu'il avait été construit au XIXe siècle dans l'enceinte fortifiée de l'abbaye Sainte-Percaline. Il y a plus de fioritures sur sa façade que dans les bâtiments médiévaux où nous avons cours. Et évidemment, le lierre a poussé partout, ce qui arrange bien Sophie avec sa faucille. J'inspire un grand coup. On entend des échos de la mer et un vent agréable souffle. Il fait encore doux. Pour beaucoup de gens de mon âge, une pension, c'est une prison. Moi, c'est ici que je me sens le plus libre.

Je dépose ma valise pour que notre chauffeur la range dans le coffre du car, puis je m'apprête à monter à la suite de Mégane, Sophie et Ophélie qui ont déjà disparu dans le bus, talonnées par des camarades pressés. Je sens alors quelqu'un tapoter mon épaule.

— Laura, ta voisine est là. C'est elle qui va te ramener, me dit M. Jocelin, notre professeur de sport.

Je me retourne, perplexe. Ma voisine ? La vieille danseuse étoile Svetlana Melnik ? Ou sa meilleure amie, l'ancienne actrice Sharona Temple, qui m'a initiée aux classiques de l'âge d'or d'Hollywood ? Je pensais que ni l'une ni l'autre ne pouvaient conduire. Vraiment, mes parents exagèrent de demander à des femmes aussi âgées de venir me chercher !

Mais ce n'est ni Svetlana ni Sharona qui me font face. Il s'agit d'une femme à l'allure familière… Elle est terriblement bien habillée avec son tailleur-pantalon en lin clair et son grand chapeau. La classe. Sa tenue est vraiment salissante, ce qui est en général un signe d'aisance financière. Elle baisse ses lunettes de soleil griffées et me fait un clin d'œil.

Héra !

Comme cette déesse de l'Olympe n'avait aucune arme à nous léguer, elle a décidé de veiller sur nous et de nous former. Elle passe de temps en temps à l'institut avec l'apparence d'une surveillante. Là, elle semble un peu plus âgée… et beaucoup plus riche. Ça faisait quelques jours que je ne l'avais pas vue et je suis heureuse qu'elle soit là, mais je ne comprends pas trop pourquoi elle prétend être ma voisine…

— Bonjour Laura ! Alors, tu es contente de rentrer ? me demande-t-elle d'un ton aussi jovial que forcé.

— Euh… oui.

Elle a dû user de son charme de déesse : personne ne prête attention à cette inconnue sur le point de m'emmener. Je préfère croire ça à l'idée que personne n'interviendrait si je me faisais vraiment kidnapper. Et vu l'empressement de M. Jocelin à attraper ma valise et à la porter jusqu'à la voiture d'Héra, plus de doute possible.

Je prends place à l'arrière d'un énorme SUV qui ferait hurler Mégane tandis qu'Héra s'installe au volant.

— Pourquoi… hm… tout ça ?

— On ne va pas vous laisser seules alors que Cronos rôde, tout de même. Hermès s'occupe du nord du pays entre Sophie à Paris, Mégane en banlieue et Ophélie à Lille. De mon côté, je vais alterner entre ta maison et celle de Nour. C'était plus simple de commencer avec toi, puisque la mère de Nour l'a récupérée.

— D'accord.

Ça me rassure de ne pas être la seule à être surveillée. Ç'aurait été vraiment vexant de passer pour la plus nulle des cinq. C'est vrai que je ne touche pas toujours ma cible avec l'arc d'Aphrodite… mais quand même !

— Bon, il va falloir me guider par contre, lance Héra. Tu peux afficher le chemin sur ton… petit téléphone de poche, non ?

Je sors le téléphone que Samantha m'a rendu avant de partir et ouvre Maps pour que l'application lui serve de GPS. Elle allume le moteur et un bip strident retentit. Paniquée, elle appuie au hasard sur plusieurs boutons, klaxonnant et mettant les clignotants au passage.

— Il faut attacher sa ceinture, je lui signale.

— Ah ! Oui !

Elle baisse les yeux et cherche une ceinture au niveau de sa taille. Comme elle ne la trouve pas, je finis par la lui attraper. Elle la boucle après avoir eu un peu trop de difficultés à obtenir le « clic » qui me rassure habituellement.

— Euh… tu as déjà conduit ? je me risque, en retenant une pointe d'inquiétude.

— Ne t'inquiète pas, si les mortels en sont capables, ce sera un jeu d'enfant pour moi !

Oh mes dieux…

Groupe chat Magic Olympe

Nour a ajouté Mégane, Ophélie, Sophie et Laura au groupe chat.

Nour :
Hello les filles, j'ai créé ce groupe pour rester en contact pendant les vacances !
Enfin, je ne sais pas si Ophélie pourra répondre…

Sophie :
Hello ! Ici Sophie et Ophélie depuis le bus.
Bon, en fait surtout Ophélie : Sophie va bientôt rendre son petit déj !

Sophie (alias Ophélie) :
C'est cool que t'aies choisi Eris comme plateforme, je pourrai vous répondre depuis ce bon vieux PC familial…

Quand j'aurai une seconde de libre entre la pluie et le brouillard de Lille, quoi.

Mégane :
Tu vas à Lille, Sophie ? Je croyais que tu habitais à Paris.

Sophie (alias Ophélie) :
Non, c'est Ophélie. Sophie serait déjà en train de nourrir les poissons si on était sur un bateau.

Mégane :
Quels poissons ? On n'a pas le droit aux animaux à l'internat.

Nour :
Peut-être qu'elle est en train d'en crocheter.

J'adore mon axolotl en tout cas ! Je l'ai appelé Marcel. ♡

Sophie (alias Ophélie) :
Ça m'étonnerait qu'elle soit en train de faire du crochet, à part si elle le fait secrètement dans le sac en papier où elle a mis sa tête, ha ha !

Mégane :
Vous savez où est Laura ? Elle avait dit qu'elle se mettrait à côté de moi, mais je me retrouve avec José qui prend toute la place avec ses classeurs de cartes Pokémon…

Sophie (alias Ophélie) :
Je l'ai vue partir avec une grande bourgeoise dans une grosse voiture de riche. C'est peut-être sa mère qui lui a fait la surprise… elle doit être pétée de thune.

Mégane :
Pétée de thune ou pas, j'espère que c'est pas sa mère qui conduit le SUV devant nous. Elle a enchaîné les queues de poisson et failli tomber dans le fossé…

CHAPITRE 2

DRESS CODE : BERMUDA-CRAVATE

LE TRAJET N'A PAS DU TOUT ÉTÉ UN JEU D'ENFANT. Et Héra fait comme si de rien n'était. Non, pire, elle est persuadée de s'en être sortie à merveille. Qu'est-ce que ça rend arrogante d'être une déesse… Depuis la fin de la Grèce antique, les Olympiens et beaucoup d'autres dieux se sont réfugiés dans le royaume d'Hadès, sous terre. Mais à la voir aussi déconnectée, on croirait qu'Héra a encore la tête dans les nuages. En tout cas, elle est toujours aussi pimpante quand elle sort de la voiture alors que je suis totalement ébouriffée et en sueur. De la sueur froide, plus exactement, car j'ai failli y passer durant ce trajet !

Je descends ma valise du coffre sans qu'elle propose de m'aider. Encore un truc de dieu, sans doute : ça se voit qu'elle est habituée à avoir des serviteurs. Ma mère est pareille. Sans prononcer un mot, elle donne aux gens l'impression qu'ils devraient faire quelque chose pour elle et je me retrouve toujours à porter ses affaires à la plage. C'est très formateur. Je ferais une parfaite « assistante stagiaire » sur un plateau de cinéma.

J'espère qu'Héra ne croisera pas mes parents. Ce n'est pas que j'ai honte d'elle ou même d'eux. Mes parents savent très bien s'habiller. Ils font un métier que je ne comprends pas et passent beaucoup de temps à la piscine ou encore dans des soirées réservées à quelques élus. Quant à Héra, bon, c'est littéralement une déesse. Seulement, ce que je fais à l'internat, la personne que je suis là-bas… ce n'est pas la même chose que ce que je fais et qui je suis ici. Et je n'ai aucune envie que ces deux mondes se rencontrent.

Nous faisons face à mon portail en fer forgé et sommes aussitôt accueillies par nos chiennes de garde. Elles ont l'air de molosses, mais ce sont des crèmes !

Il y a Lauren, Marilyn et Betty, comme les trois actrices de *Comment épouser un millionnaire*. Ma préférée est évidemment Lauren Bacall, car elle était très amie avec Katharine Hepburn, mon modèle et la personne morte ou vivante que j'admire le plus au monde.

Avant elles, les dobermans que mon père avait pris pour garder la maison avaient les oreilles coupées. C'est illégal, mais certains éleveurs font subir ça aux chiens pour leur donner l'air menaçant alors que Clark et Kent, nos précédents chiens de garde, étaient des amours.

Heureusement, Lauren, Betty et Marilyn, les trois chiennes que nous avons adoptées après Clark et Kent, ont des oreilles pendantes très expressives qui se plient et se déplient au gré de leurs humeurs. Et je sens mon cœur se gonfler de joie à chaque fois que je les grattouille.

Mais là, elles les couchent en arrière en aboyant férocement contre Héra. Elles n'ont pas l'air d'aimer les divinités, et le sentiment est réciproque. La déesse grimace.

— On dirait Cerbère… avec une haleine à peine plus respirable.

Je parviens tant bien que mal à calmer mes chiennes mais, trop tard, elles ont attiré l'attention de mes parents qui s'approchent déjà. Moi qui voulais être discrète et aller retrouver Marie, la cuisinière, pour avoir les dernières nouvelles de la maison... Je n'ai même pas eu le temps de me changer ni de me rafraîchir avant qu'ils ne me voient.

Mon père devait être en visio, car il porte chemise, cravate et veste de costume en haut... et bermuda à fleurs en bas. Ma mère a noué en vitesse un paréo autour de sa taille et porte un bikini blanc et doré.

Ils arrivent au niveau du portail et n'ouvrent pas la porte tout de suite, scrutant Héra avec attention. Je devine que ma mère analyse les marques qu'elle porte et essaie d'identifier leur année de sortie (avec les magasins vintage, même des étudiants en art fauchés peuvent porter des tenues de créateur, donc il vaut mieux vérifier que ce sont les dernières collections). Mon père, lui, essaie de la resituer dans son cercle social extrêmement étendu. Oh non, j'avais bien fait de m'inquiéter. Ils plissent les yeux...

Et brusquement... leurs traits se détendent. Héra, restée imperturbable, esquisse un léger sourire en coin. Elle a encore utilisé son charme. Ça a l'air plutôt utile, j'aimerais bien avoir un tel pouvoir, mais mon arc et mes flèches d'Aphrodite ne sont pas aussi précis. Et puis, je suis censée les utiliser avec beaucoup de prudence. Mais de toute façon, je n'en ai pas besoin ! Ce sont des armes qui créent un amour artificiel passager… et mes parents m'aiment déjà ! À leur façon et avec le temps dont ils disposent mais je suis sûre de ça.

— J'habite dans le quartier et il se trouve que mon fils et Laura vont au même internat. Je me suis donc permis de la ramener. Je m'appelle Ella Olympe.

Avec le charme divin, même un nom aussi étrange passe bien.

— J'adore votre chapeau, remarque ma mère. Mais je ne me rappelle pas l'avoir vu cette saison.

— C'est normal, c'est une exclusivité de Rhapso Moire prévue pour le printemps prochain. Je suis l'une de ses muses.

Ma mère écarquille les yeux. Toute suspicion l'a quittée. Il faut avouer qu'Héra est vraiment convaincante en *fashionista* ultrapointue.

— Si vous avez besoin de conseils en finance, n'hésitez pas, suggère mon père en cherchant vainement ses cartes de visite dans les poches inexistantes de son bermuda.

Il l'a vraiment à la bonne. Il ne dit pas ça à n'importe qui.

— Avec plaisir, répond Héra.

Enfin, les grilles s'ouvrent et Betty, Marilyn et Lauren me font la fête. Je ne peux pas en dire autant de mes parents qui entraînent Héra avec eux sans me prêter la moindre attention. Ils prennent chacun un de ses bras et remontent le sentier vers la maison d'un pas joyeux. C'est sans doute à cause du charme de la déesse. J'avoue que je suis un peu déçue. Je ne voudrais évidemment pas que mes parents montrent le même enthousiasme en me léchant le visage comme mes chiennes, mais ce serait déjà sympa qu'ils m'aident à porter ma valise…

Je la traîne donc jusqu'à la maison en soufflant. Fin octobre, il fait encore chaud. J'essaie de me dire que c'est le climat méditerranéen et pas le réchauffement climatique. Le chemin poussiéreux est couvert d'aiguilles de pin. On entend les grillons et le clapotis de l'eau de la piscine. Ça sent bon. Ce n'est pas Sainte-Percaline, mais c'est chez moi. Ou c'était chez moi ? Je ne m'y sens pas très à l'aise, mais je suis de retour.

Mes parents sont en train d'inviter Héra pour un verre et tout un tas d'autres événements.

— Tu dois absolument venir à ma fête d'Halloween ! Je peux d'ailleurs t'aider à trouver un costume !

Mon père fait son numéro de barman qui secoue son cocktail sophistiqué derrière le bar, au bord de la piscine. Quant à ma mère, elle surveille son reflet dans toutes les surfaces possibles, ce qui témoigne de sa nervosité. Ils sont obsédés par la déesse. J'essaie de m'approcher, mais ma mère me chasse de la main.

— Va te rendre présentable. On croirait que tu as fait la route à pied.

J'échange un regard avec Héra qui semble profondément désolée pour moi.

Une pierre me tombe sur l'estomac. Qu'est-ce qu'elle imagine sur ma relation avec mes parents ? Je n'ai aucune envie de le savoir, alors je prends un air guilleret et réponds d'une voix chantante :

— Oui, maman !

Je file en sautillant vers ma chambre. Je me réjouis un peu en passant la porte : je l'ai décorée avec soin et ça me change du dortoir que je dois partager avec les autres. Mes murs sont ornés d'affiches de vieux films que j'ai encadrées moi-même. C'est ma voisine Sharona qui me les a fait découvrir et elle prétend avoir déjà rencontré plein de vieilles stars. Ce serait bien possible : il paraît que beaucoup de célébrités de l'âge d'or d'Hollywood venaient se relaxer sur la Côte d'Azur, aussi appelée la « French Riviera ». Et aussi que les fans français ont beaucoup plus de savoir-vivre que les fans américains : eux, au moins, ne leur sautaient pas dessus. Clairement, ils n'ont jamais vu les groupies du boys band de K-Pop DST.

Hormis mes posters, il y a les trophées de mes compétitions. Danse, natation, tir à l'arc, récitation, poésie… j'aime bien les revoir de temps en temps, même si certains m'agacent encore. Par exemple, il y a deux ans, je ne suis arrivée que deuxième au tournoi de tennis du club de ma mère. Le « 2 » inscrit dessus semble me narguer. Cette peste de Stéphanie Galino m'avait battue avec ses affreux revers. Je suis tentée de jeter ce trophée-là à la poubelle. Je déteste VRAIMENT perdre. En même temps, c'est un peu la raison pour laquelle j'ai fini à Sainte-Percaline…

Stop, je n'ai pas envie d'y penser maintenant !

J'attrape ma récompense pour la fourrer sous mon lit dans l'une de mes boîtes à objets « que peut-être j'aimerais contempler dans mes vieux jours avec nostalgie mais qui me font horreur pour le moment ».

En tirant la boîte de sous mon lit, je suis submergée par une vague de culpabilité. Ils sont là… les trophées de tir à l'arc. Ils sont tous là et ils brillent plus fort encore qu'à l'époque où j'étais si heureuse de les gagner. Leur éclat me fascine. Ils ont pris la poussière mais ils sont quand même étincelants. Je me rappelle avec quelle force je les convoitais à l'époque. Je donnais tout pour gagner. Je donnais trop… au point de tout perdre. Qu'est-ce que j'espérais qu'ils m'apporteraient ? Le métal me renvoie le reflet de mes yeux derrière mes lunettes. J'ai l'air triste… et pathétique. Maman n'aimerait pas ça. Je me force à prendre une expression plus réjouie et, soudain, deux yeux dorés apparaissent à la place des miens et me fixent. Je pousse un cri et jette le trophée.

Assise par terre à côté de mon lit, je reprends mon souffle. Qu'est-ce qui s'est passé ? Est-ce que c'est… non… Cronos n'a pas ce type de pouvoir. Je crois ? Je dois être fatiguée. Prudemment, je me penche de nouveau sur la boîte à demi sortie du lit et saisis mon trophée. C'est mon regard horrifié qui s'y reflète. Pas de trace des yeux jaunes.

Je soupire et place le trophée de la deuxième place au tournoi de tennis avec tous ceux reçus au tir à l'arc. Puis, je pense à mes amies, à l'internat… Qu'est-ce qu'elles diraient de cette collection ? Ophélie la jugerait ridicule, Mégane trouverait que c'est du gaspillage,

Sophie me féliciterait en pensant que c'est excessif et Nour se contenterait de me dire que j'ai dû beaucoup travailler pour tous les obtenir.

J'ai honte… Si elles savaient ce que j'ai fait.

Après une hésitation, j'entasse toutes mes autres récompenses dans la boîte. Je ne suis plus la même personne et je n'ai pas envie qu'on sache qui j'étais *avant*. J'ai à peine fini qu'on frappe à ma porte. Je me redresse tandis que la porte s'ouvre sur ma « voisine ». Héra.

— J'ai cru que ça ne finirait jamais, s'exclame-t-elle en soufflant. Ta mère veut absolument me marrainer pour le… club des Rivierettes ? Qu'est-ce que c'est ?

— Un club féminin mondain… C'est une tradition familiale d'y entrer. Ça veut dire que tu es adoptée, je réponds.

— Je vois… Quant à ton père, il m'a tenu la jambe sur… le « kakarante » ?

— Le Cac 40, je précise en espérant qu'elle ne me demandera pas ce que c'est.

Aucune réaction, tant mieux. Les dieux doivent faire semblant de tout savoir, comme moi. Elle se contente de hocher la tête.

— Bon, en tout cas, ils ont l'air confiants… un peu trop enthousiastes mais confiants.

Oh là là, c'est si dur d'être adorée… Je me retiens de le dire de façon sarcastique. Je ne suis pas Ophélie, ce genre de remarques, je le garde pour moi.

— Tu voudrais qu'on aille faire un tour? me demande Héra.

J'hésite. D'un côté, j'aimerais bien me reposer un peu dans ma chambre. Mais en même temps, j'ai l'impression que les trophées sous mon lit me reprochent de les avoir planqués là. Ils m'enlisent, comme s'ils me retenaient dans la boue de tous mes mauvais souvenirs. J'acquiesce, trop heureuse de fuir.

— Promenons Lauren, Betty et Marilyn, alors.

Héra grimace. Manifestement, son charme ne fonctionne pas sur les animaux…

Malgré mes mots doux et rassurants, mes chiennes ne semblent décidément pas apprécier Héra. Elles l'évitent avec soin et me collent à la moindre occasion, au point que même les autres chiens croisés n'arrivent pas à les distraire. Sur le chemin escarpé où nous avançons, ça en devient carrément dangereux : je manque de tomber tant elles s'entortillent autour de moi avec leurs laisses.

Quand on atteint le bord de mer, elles se détendent enfin. Il fait encore chaud : je ne me suis ni douchée ni changée et je ne dois ressembler à rien. Surtout à côté d'une déesse. Nous nous asseyons sur les galets et laissons les chiennes batifoler dans l'eau. Elles sont tellement belles, leurs poils noirs deviennent encore plus brillants quand ils sont humides.

Quand je les regarde et passe du temps avec elles, je me fiche presque complètement de mon apparence. Les observer me détend un peu.

— On dirait vraiment Cerbère, souffle Héra en les fixant.

— Le chien à trois têtes qui garde l'entrée des Enfers ?

J'ai fait beaucoup de recherches en mythologie grecque depuis que je suis une héroïne.

— C'est ça. Je ne l'aime pas beaucoup mais Hadès et Perséphone y sont très attachés. Comme toi avec tes chiennes. Elles sont très belles, même si elles me détestent.

Je rougis. Quand on complimente mes chiennes, j'ai l'impression que ça s'adresse à moi. Je me sens comme leur mère. Est-ce que ma mère se sent aussi comme ça, quand on me complimente ?

— C'est juste… que le côté divin doit les perturber.

— Les animaux voient au-delà des apparences, nous ne trompons pas leurs sens, m'explique Héra.

Elle soupire et son expression jusque-là très douce se durcit.

— Fie-toi à leurs instincts. Ils sont aussi fiables que ceux des dieux… et j'ai moi-même senti quelque chose dans les environs.

Je la fixe, interloquée. Je pensais que cette promenade serait le prétexte à un entraînement avec elle. Nous aurions peut-être créé des couples sur la plage… Mais j'aurais dû me douter que ce n'était pas pour ça. Je ne peux pas m'entraîner sur de vrais humains, car mon pouvoir serait trop dangereux. Ça m'exaspère.

— Cronos ? je demande en repensant aux yeux dorés sur mon trophée.

— Je n'en suis pas certaine… Il est le seul à s'être échappé, mais ça ne lui ressemble pas. Cela dit, il a peut-être trouvé un serviteur qui le sert ? Nous sommes observées, en tout cas. C'est une chance que je sois d'abord venue chez toi. Je vais peut-être même rester ici, le temps de tirer cette affaire au clair.

— Comment je peux t'aider ? j'insiste, même si je connais déjà la réponse.

— Pour le moment, tu ne peux rien faire.

Génial. Je ne peux pas utiliser mon pouvoir, et en plus elle considère que je ne suis d'aucune aide. Tu parles d'une héroïne ! Elle sent ma déception et m'adresse un sourire désolé.

— Nous devons agir prudemment, Laura. C'est pour ça que nous avons cherché des héroïnes et que nous ne nous sommes pas occupé de la fuite de Cronos nous-mêmes. Nous allons procéder avec subtilité. Reste sur tes gardes.

J'acquiesce. Qu'est-ce que je pourrais bien faire de plus ? D'un sifflement, je rappelle mes chiennes. Bien dressées, Lauren et Betty rappliquent et se font un malin plaisir d'éclabousser Héra en s'ébrouant pour se sécher. Pendant ce temps, je dois m'enfoncer dans la mer jusqu'aux genoux pour en tirer Marilyn, la rebelle. Il faut vraiment les aimer pour en arriver là. S'il fait encore chaud dehors, la Méditerranée est, elle, bien froide.

Je dois avoir l'air d'un vieux sac quand je sors de l'eau. Les regards que me lance un groupe de jeunes de mon âge depuis la promenade me donnent une envie irrépressible d'utiliser mon pouvoir. Une petite flèche et on n'y verrait que du feu. Plus de jugement, plus de moquerie sous cape. Que de l'amour.

Je me retiens. Même si c'est vraiment dur. Maintenant que je suis de retour ici, c'est encore plus compliqué d'être raisonnable avec la broche de l'arc d'Aphrodite. Héra trouve difficile d'être adorée ? Qu'elle essaie un peu d'être détestée.

Groupe chat Magic Olympe

Nour :
Le livre, c'est le cadeau de bienvenue de ma mère. Marcel l'adore. Mais j'ai dû lutter avec notre chat Lucifer pour qu'il ne le dévore pas…

Sophie (la vraie) :
Lucifer mange les livres ?

Nour :
Non, les axolotls en peluche.

Sophie (la vraie) :
T'inquiète pas, je le réparerai s'il est blessé.

Ophélie :
Salut la compagnie.

Mon père, l'insupportable commère, vous dit aussi bonjour.

Vous faites quoi de beau ?

Nour :
Je me suis baladée dans le centre-ville de Montpellier hier avec ma mère. C'est très ancien, un peu comme Sainte-Percaline. Au moins, je n'étais pas dépaysée ! On a mangé une glace et fait toutes les librairies. Aujourd'hui, marathon de lectures le matin et de vieux films d'horreur l'après-midi.

Ophélie :
Trop sympa !

Nour :
On profite tant qu'on peut, ma mère bosse lundi...

Sophie (la vraie) :
Pas cool. ☹

Moi, je suis TROP CONTENTE d'être rentrée ! J'aurais dû partir en pension plus tôt. Comme j'ai manqué à ma famille, on m'a traitée comme une princesse et, aujourd'hui, on va faire un *escape game* avec mes parents, ma sœur et même ma grand-mère !

Ophélie :
Et en plus c'est pas ton anniversaire !

Sophie (la vraie) :
Non, c'est le 13 novembre : on sera en cours alors, souviens-t'en.

Sophie (la vraie) :
Mais avec ma famille, ça ne va pas durer, hein. Déjà, ce matin, j'ai dû recommencer à faire les corvées...

Mégane :
Ça ne dure jamais, ces choses-là.

Ophélie :
Mon père vous fait dire que c'est dans le guide des bons parents de ne pas être trop gentils sinon, apparemment, on prend nos aises et on se conduit comme des « empereurs décadents ».

Maintenant, Papa, arrête de lire.

Il dit qu'il aurait beau me traiter comme Cendrillon, ça ne changerait rien : je me conduis déjà comme un tyran.

Sophie :
Pas avec nous en tout cas.

Ophélie :
J'apprécie le soutien. T'AS VU, PAPA ??

Bref, et toi, Mégane ? Tu fais quoi de beau ?

Mégane :
Bah, j'ai revu des potes en ville et on a fait quelques matchs de foot. C'était cool.

Ophélie :
Vous avez gagné ?

Mégane :
Pourquoi tu poses la question ?

Ophélie :
Oh, pardon madame la grande winneuse universelle !

Je ne voulais pas vous offenser !

Mégane :
T'es bête, je gagne pas toujours.

Nour :
Seulement 99,99 % du temps.

Mégane :
Disons 99,98 %. 😎

Sophie (la vraie) :
Comme tu es modeste.

Laura :
Salut les filles, désolée, je fais que passer et je rattraperai la conversation plus tard. Depuis que je suis rentrée, ça n'arrête pas. On a fait du bateau avec mon père, et ma mère nous a emmenées avec mes copines pour un après-midi shopping. Là, je dois me préparer pour un brunch chez des amis. Hâte de vous revoir !

CHAPITRE 3

PANIQUE AU CHOCOLAT

JE CONTEMPLE CE QUE JE VIENS D'ENVOYER dans la conversation tout en cliquant pour apparaître hors ligne, alors que je suis toujours connectée. Une seule phrase est vraie : la dernière. Je suis pathétique. J'ai posé l'axolotl que m'a donné Sophie sur l'étagère de mes romans historiques et j'ai l'impression qu'il me juge avec ses petits yeux brillants. Il faut que je m'occupe en attendant Héra qui doit nous accompagner cet après-midi avec ma mère à une garden-party des Rivierettes. Je n'ai vraiment aucune envie d'y aller mais, comme toujours, je ne peux pas y couper.

J'espère qu'au moins je n'attirerai pas l'attention. Prête depuis des heures dans mon pantalon de lin, ma chemise blanche et mon gilet brodé, je me morfonds dans ma chambre en révisant les cours de la rentrée, sans rien y comprendre. Sur l'affiche accrochée au mur devant moi, Katharine Hepburn fixe Spencer Tracy d'un air amusé. Elle m'ignore complètement. Elle est loin d'être la seule. L'ambiance est trop pesante et je n'ose pas déranger Marie qui s'occupe du déjeuner pour mon père et son associé, avec sa liste d'allergies longue comme le bras. J'ai appris que mon père partirait avec lui en voyage d'affaires aux États-Unis, dès cet après-midi. Je ne suis pas souvent à la maison, mais ça ne change rien pour lui… Les affaires sont les affaires.

J'ai alors l'idée lumineuse d'aller voir nos voisines. J'ai d'ailleurs une bonne excuse : je veux les inviter à la soirée d'Halloween de ma mère. Elles y vont chaque année. Svetlana et Sharona sont toujours fourrées l'une chez l'autre. Je passe chercher une boîte de chocolats dans la réserve de mon père (elle est continuellement réapprovisionnée, donc il ne se rend jamais compte que je lui en pique). Je me fige en refermant la porte. J'ai l'impression d'être observée. Sous mes doigts, la poignée en argent est étonnamment chaude. Je la lâche et ai l'impression d'y voir un mouvement trouble. Comme les rides de la piscine après un plongeon. Je reste un moment à la fixer bêtement… Puis je me rends compte que si je continue comme ça, mon père va me surprendre en flagrant délit de vol de chocolats. Il faut que je file ! Mais j'ai un sentiment désagréable.

Je sors de la maison côté plage et je tourne à gauche. Depuis la grille, je vois Boulgakov, le caniche de Svetlana, et James, le yorkshire de Sharona, qui somnolent sous la véranda. Quand je pousse le portail, ils trottinent vers moi en agitant la queue pour me faire la fête. Ils se disputent mon attention, ce qui fait du bien je dois dire, après avoir été ignorée par tout le monde. Mais ma joie est de courte durée.

La rivalité semble l'emporter et ils se mettent à se grogner dessus. Mais pourquoi ? Ils s'entendent bien d'habitude. Je remarque aussitôt qu'ils ne jouent pas. Ils s'agressent, se menacent l'un l'autre, s'empêchent de m'approcher. Quand je m'avance et tente de saisir leurs colliers, ça empire. Leurs aboiements furieux attirent enfin l'attention de Sharona. Elle surgit de sa maison, avec sa permanente rouge vif, et accourt à foulées énergiques. Elle gronde les chiens sans succès et finit par saisir Boulgakov alors qu'il me saute dessus. Il se débat comme un beau diable.

— Je suis tellement désolée, Laura ! D'habitude, ils ne se comportent pas comme ça !

— Ils ont dû sentir l'odeur de mes chiennes sur moi, ça les a peut-être énervés…

— Laura ! Tu es là ! Dis donc, ce sont des chocolats sous ton bras ? s'écrie Svetlana qui sort à son tour de la villa.

Svetlana est grande et osseuse là où Sharona est petite et grosse. On dirait un duo comique. L'une a les cheveux tirés en arrière en un chignon de danseuse quand l'autre les garde toujours lâchés, l'une se maquille les yeux d'un trait de khôl intense, l'autre, les lèvres d'un corail criard ; l'une ne porte que du noir et blanc quand l'autre exhibe une veste en denim recouverte de strass…

— Euh… oui.

Et là, catastrophe. Boulgakov échappe à Svetlana et me saute dessus. J'aurais apprécié en temps normal, mais il renverse la boîte de chocolats qui fait un vol plané et se répand par terre.

S'il y a une chose à retenir sur les chiens, c'est que le chocolat est mortel pour eux. Ne leur en donnez *jamais*. Malheureusement, ce sont aussi des animaux si confiants qu'ils n'ont aucun instinct de survie… Boulgakov et James se disputent à présent les friandises éparpillées sur la pelouse.

— Mon bébé ! hurlent Sharona et Svetlana en chœur.

Évidemment, je ne suis le bébé ni de l'une ni de l'autre. À trois, nous retenons les chiens devenus hystériques et parvenons à tout ramasser. Mais quand je mets la main sur la dernière truffe, je fais un terrible constat. Elle a été entamée. Lequel des deux chiens l'a croquée ? Svetlana et Sharona se précipitent à la clinique vétérinaire sans plus réfléchir. Sur le trajet en bus, elles échangent avec angoisse tout en retenant leurs chiens qui sont toujours déterminés à s'étriper l'un l'autre.

— James respire fort, non ?

— Boulgakov a l'air de suffoquer !

J'essaie de les rassurer mais leur inquiétude est contagieuse et nous débarquons à la clinique comme trois furies terrifiées, moi au centre, Svetlana et Sharona m'encadrant avec leurs petits chiens sous le bras.

À l'accueil, mes voisines se mettent à parler en même temps et très vite, entre russe, anglais et français, tout en gesticulant et en agitant leurs pauvres chiens.

— *EMERGENCY !* Laissez-moi passer !

— *Maya sabaka realna balnaya !*

— *SICK ! Chocolate !*

— C'est terrible ! Vite ! *Bouistra ! Bouistra !*

— Ils ont peut-être mangé du chocolat, je dis à l'hôtesse d'accueil quand je parviens à mon tour au niveau du guichet.

Svetlana et Sharona me lancent un regard reconnaissant. Heureusement, la vétérinaire ne tarde pas. Elle nous demande de raconter les événements et je sors l'arme du crime de ma poche : la truffe croquée. En la voyant, Svetlana et Sharona brandissent leurs chiens vers le plafond pour les éloigner du chocolat, comme s'il avait pu viser Boulgakov et James avec un rayon laser. La vétérinaire, elle, éclate de rire. Svetlana et Sharona sont courroucées.

— Il n'y a pas de quoi rire !

— Nos chiens vont peut-être mourir !

Elle prend ma truffe et la leur montre.

— Mesdames, je vais examiner vos chiens avec le plus grand soin, mais ça, ce sont des traces de dents de primate.

— Un singe a mangé le chocolat ? s'étonne Sharona.

— Un humain, dit la vétérinaire.

Est-ce que papa piocherait lui aussi dans sa réserve en cachette ? Une fois rassurées, mes voisines me raccompagnent chez moi. Juste à temps pour la garden-party. Avec cette mésaventure, je me suis mise en retard. Et ma mère me fait franchement plus peur que Cronos quand elle est en colère.

Héra, ou plutôt Ella Olympe, et ma mère sont devant le portail. Elles sont entièrement vêtues de blanc et de beige avec de grands chapeaux à voilette. Ma mère porte une combinaison avec un dos nu, Héra une longue jupe portefeuille et un chemisier à volants. On dirait deux stars hollywoodiennes incognito. Je me précipite vers elles. Ma mère abaisse ses lunettes griffées et me toise. Elle scanne mon look. Je pense que j'ai tapé juste aujourd'hui.

Le nez de ma mère se plisse. Oh non ! Entre la transpiration, la tache de chocolat fondu sur ma poche et la bave de chien sur mon chemisier, j'ai une allure lamentable. Sans un mot, ma mère se détourne de moi et se dirige vers sa voiture d'un pas déterminé.

Héra hésite.

— Un souci ? demande-t-elle.

— Il faut vite que je me change. Va la rejoindre, je vous rattraperai.

On entend alors le moteur de la voiture de ma mère démarrer.

— Je ne crois pas qu'elle souhaite nous attendre, s'avance Héra. Elle a été suffisamment agacée pour dissiper mon charme… Mais ne t'inquiète pas, je vais arranger ça !

Elle me tire par le bras et nous courons jusqu'au parking privé de mes parents. Héra se poste face à la voiture qui attend l'ouverture du portail. Derrière les vitres fumées, je ne vois pas ma mère, mais deux portières s'ouvrent. Pas une. Je suis donc aussi la bienvenue ! Nous nous précipitons à l'intérieur et, au moment d'attacher ma ceinture, je constate que ma tenue est immaculée. Dans le rétroviseur, Héra me fait un clin d'œil. Elle a usé d'une illusion pour me protéger.

— Navrée pour la précipitation, fait ma mère à Héra, mais tu sais comment est la circulation à cette heure-ci.

— Bien sûr, lui répond poliment Héra.

— C'est dommage que ton fils, Innès, n'ait pas pu venir. Il aurait pu servir de cavalier à Laura.

Innès… Hermès ?

— Il arrive la semaine prochaine. Il est directement parti à son stage de canyoning, dit Héra.

Ma mère allume une cigarette sans lui demander si ça la gêne. Elle lui en propose cependant une quand Héra laisse échapper une petite toux.

— Elles sont à la menthe, ça dégage les poumons, précise ma mère.

Héra me jette un nouveau regard compatissant. Mais je détourne les yeux du rétroviseur et fixe la fenêtre. Est-ce qu'elle pourrait arrêter de croire que je suis à plaindre ? Contrairement à elle, je ne tousse pas. Les cigarettes ne me dérangent pas. De toute façon, nous avons d'autres chats à fouetter. L'attitude de Boulgakov et James était très étrange. Et ce n'était pas dû au chocolat. Je repense au regard dans le trophée et à mes doigts sur la poignée brûlante. Je suis une héroïne, ce ne sont pas des signaux à prendre à la légère. Je tire mon portable de ma poche et réfléchis à un message à envoyer aux filles.

Il faut que je choisisse ma formulation avec soin, car le père d'Ophélie va le lire et se questionner sur les fréquentations de sa fille si je commence à lui parler d'un Titan qui tente peut-être d'empoisonner les chiens à coups de chocolat. Je me creuse donc la tête pour trouver quelque chose de subtil, mais compréhensible. Communiquer avec Hermès semble finalement plus sécurisé qu'Internet.

Laura :
J'ai eu un sentiment familier en me baladant ce matin, un peu comme quand il y a eu ce phénomène météorologique qui a déréglé toutes les horloges à l'internat. Sauf que là, ce sont les chiens qui se dérèglent. Il paraît qu'ils sont sensibles à l'orage. Vous me manquez !

Traduisez par: « Je pense que Cronos est de retour. Je me sens observée et les chiens se comportent bizarrement à cause de lui. J'aimerais que vous soyez là pour qu'on se batte ensemble ! »

C'est la deuxième fois que je leur dis qu'elles me manquent en une journée. J'espère qu'elles comprendront le message sinon j'aurai l'air d'être vraiment désespérée. Et en même temps, je le suis. Même si Héra est avec moi, je ne suis pas sûre de pouvoir faire face à un Titan toute seule.

CHAPITRE 4

UNE PLUIE DE MERINGUES

DÈS QUE NOUS ARRIVONS À LA GARDEN-PARTY, ma mère attrape le bras d'Héra pour la présenter aux Rivierettes. Je ne le prends pas personnellement : Héra est une déesse en train d'utiliser son charme, que voulez-vous que je fasse contre ça ? L'attention, ça se mérite, non ? En tout cas, chez moi… parce qu'Ophélie, elle, son père a l'air de la couver. C'est vraiment étrange. Jamais mes parents n'iraient regarder mes messages… sauf s'il s'agit d'envoyer une invitation amicale au fils d'un ambassadeur pour un dîner.

Malgré mes inquiétudes, je tâche de profiter des lieux. La garden-party se déroule au Jardin des arènes de Cimiez, un endroit que j'ai toujours adoré. La zone des arènes a été privatisée avec une partie de la grande oliveraie. L'automne, c'est justement la bonne période pour récolter les olives et je vois des filets plus loin dans le parc. J'irais peut-être aider. Entre les pierres antiques, des tables ont été dressées, couvertes de nappes blanches. Je me dirige vers le magnifique buffet et remplis une assiette de minisandwichs avant de rejoindre un point de vue pour admirer l'assemblée.

Je m'installe sur un muret. Pour une fois, je me fiche de tacher mon pantalon puisque, de toute façon, le sortilège d'Héra maintient une apparence de propreté. Je pense à Ophélie qui met ses chaussures sur son lit. Ça doit être très libérateur de passer son temps à se ficher de tout. Immense, le parc se déploie sous moi. Les invités vêtus de couleurs pâles déambulent entre les tables, les arcades antiques et les tentes blanches. Même les serveurs sont assortis. Je distingue Anne Barré qui va de l'un à l'autre à petits pas pressés. Elle a obtenu d'organiser la garden-party cette année alors que ça faisait quatre ans que ma mère s'en occupait pour les Rivierettes. Heureusement qu'elle a sa soirée d'Halloween pour se consoler. Quand elle salue sa

rivale, je peux sentir la tension dans son corps, même à cette distance. J'espère que le charme d'Héra jouera en sa faveur.

Je me sens bien depuis mon poste d'observation. Je fais ça depuis l'enfance, puisqu'on oublie souvent que je suis là. J'observe les tenues, les discussions, les liens qui se font et se défont, les expressions des invités… Je prends même des notes. J'aime bien savoir ce qui se passe sans y participer, ça me donne l'impression de mener le jeu. Sauf qu'aujourd'hui, j'aimerais surtout parler à Héra. Qu'est-ce qui se passe avec les chiens ? Est-ce que ça ressemble à Cronos, ça ? À l'un de ses serviteurs ?

Pour me calmer, j'ouvre la discussion des Magic Olympe sur mon téléphone. Est-ce que quelqu'un m'a répondu ? Oui… mais l'insouciance règne.

Laura :
J'ai eu un sentiment familier en me baladant ce matin, un peu comme quand il y a eu ce phénomène météorologique qui a déréglé toutes les horloges à l'internat. Sauf que là, ce sont les chiens qui se dérèglent. Il paraît qu'ils sont sensibles à l'orage. Vous me manquez !

Sophie :
Je rêve ! Impossible de prendre des vacances !

Sophie :
Sinon on a résolu l'*escape game* en un temps record apparemment. Du coup, on a notre photo sur le mur !

Ophélie :
Mon père te transmet que les chiens sont effectivement sensibles à l'orage.

Les chevaux aussi apparemment.

Nour :
Demande conseil à notre amie.

Elle est encore avec toi, non ?

Mégane :
En parlant d'ami...

Devinez contre qui j'ai gagné au basket ? Il dit qu'il va se renseigner pour les chiens, on a fait quelques paniers avant ton message, Laura.

Mégane :
Il est reparti à tire-d'aile.

Ophélie :
Ha ha, papa demande si c'est ton copain.

Comme si Mégane pouvait sortir avec un dieu de plusieurs millénaires ! Ou avec qui que ce soit d'ailleurs ! À part Nour et… nous à la limite, elle est fâchée avec le monde entier. Je n'ai pas le temps de réagir qu'on m'arrache mon téléphone des mains. Oh non… je les avais presque oubliées. Mahaut et Héloïse sont là aussi. Héloïse est la fille d'Anne et Mahaut celle de Cécile, une autre Rivierette au rire suraigu qui me fait toujours sursauter. Elles portent toutes les deux des robes immaculées qui les vieillissent d'au moins cinq ans. On dirait presque des adultes. D'un coup, je me sens mal dans mon pantalon que j'avais pourtant choisi avec soin. Et encore plus mal de les voir lire ma conversation d'un air réjoui.

— Salut Laura. Alors, tu discutes avec tes copines de pension pénitentiaire ? D'autres délinquantes ?

Je sais que je n'en donne sûrement pas l'air, mais j'ai une image assez… controversée. Ici, je suis connue comme le loup blanc à cause de cette histoire de tir à l'arc, d'exclusion de la ligue et de pension « pour m'apprendre à bien me tenir »… Bref, à cause de tout ce que je voudrais oublier.

Sauf qu'Héloïse, elle, était aux premières loges et ne compte manifestement pas oublier ce que je lui ai fait lors de cette fameuse compétition.

Pourtant, je ne l'ai même pas blessée ! J'en ai juste eu très envie.

— Rends-moi mon téléphone, dis-je sans répondre à leur provocation.

— Ta pote délinquante fait des *escape games*… C'est tellement enfantin, pouffe Mahaut en lisant.

Elles peuvent parler, elles n'en ont jamais fait de leur vie. Mais il y a deux ans, quand on était encore copines, elles voulaient absolument essayer juste parce que plein de TikTokeurs les testaient. Nos parents ne nous ont bien sûr jamais autorisées à nous rendre dans l'une des sept salles de Nice. C'est cher et vulgaire. Mais Mahaut a pu organiser une Murder Party Agatha Christie pour son anniversaire.

— Rends-moi mon téléphone, je répète aussi calmement que possible.

Je sais que ça leur fera trop plaisir si je tente de l'attraper. Héloïse change alors d'expression et fronce les sourcils.

— C'est qui ? demande-t-elle en me montrant la photo de Mégane et de l'adolescent le plus beau du monde qu'incarne Hermès – quand il n'est pas un pigeon ou un homme casqué en jupe plissée.

Clairement, elle se fiche de Mégane.

Je m'apprête à ignorer sa question et, soudain, je comprends que je pourrais tourner ce quiproquo à mon avantage. Elle a visiblement un faible pour les dieux grecs, elle aussi. Et elle n'a pas encore de copain…

— C'est mon copain, dis-je d'un ton dégagé. Un « délinquant », lui aussi. C'est le fils d'Ella Olympe, l'invitée de ma mère aujourd'hui. Il est parti faire du…

Mince, il est parti faire quoi déjà ?

— … de l'escalade.

— Pourquoi il fait du basket alors ?

— C'est un stage d'escalade, mais il y a aussi du basket. Comme si on ne pratiquait que de la natation en stage de natation…

— Ou que du tir à l'arc en stage de tir à l'arc, réplique Héloïse en me fixant avec un regard haineux.

Là, je ne sais pas quoi dire. J'ai l'impression de faire face aux phares d'une voiture prête à m'écraser. Heureusement, Mahaut demande en gloussant :

— Comment il s'appelle ?

— Her…

Mince, non, Héra lui avait donné un autre nom !

— Hervé.

Quel nom de vieux ! Remarque… ça colle avec les millénaires d'Hermès.

— Tu as un copain qui s'appelle Hervé ? lance Héloïse, suspicieuse.

Elle jette un œil à la conversation et je me penche pour voir. Mégane a répondu.

Mégane :
Je ne sortirai jamais avec lui, ha ha. Je suis pas obsédée par les vieux trucs comme Laura.

Elle fait allusion à l'âge réel de notre dieu préféré et à mon goût pour les vieux films. Mais sa réponse va dans le sens de mon mensonge. OUF !

— Il est plus âgé que toi en plus ! Trop classe ! s'écrie Mahaut.

— Pas de beaucoup, je précise en mentant comme un arracheur de dents.

Je m'empresse de reprendre mon téléphone pour ne pas être trahie par une autre réponse.

Juste à temps car Mégane vient d'ajouter : « ou Nour », et je ne veux pas qu'on s'imagine que mon vieux « copain » est polygame. C'est très mal vu.

Héloïse et Mahaut n'en reviennent pas, en tout cas. Et si la première est dubitative, la seconde est aux anges.

— Il a des amis à me présenter ? Oh là là ! Laura l'intello est la première à avoir un copain ! C'est fou ! enchaîne-t-elle.

— Mouais, j'attends de le voir en vrai, dit Héloïse en haussant les épaules.

Oh non… je commence à cumuler les mensonges. J'espère qu'Hermès sera conciliant, s'il passe par ici…

— Ah ! Tu es là, Laura, fait Héra qui enjambe le muret où je me suis réfugiée comme si elle ne portait pas des talons aiguilles de quinze centimètres. Je te cherchais.

— Bonjour Ella, fait Mahaut.

Dans mon milieu, on appelle très vite les adultes par leur prénom : c'est beaucoup plus distingué. Héra n'est pas du tout surprise et lui adresse un sourire.

— Enchantée, Mahaut, Héloïse.

Soit elle a retenu tout ce qu'ont dit Cécile et Anne, soit elle a usé d'un truc de déesse. Je ne sais pas lequel est le plus impressionnant.

— Hervé arrive bientôt ? demande aussitôt Mahaut.

Héra laisse paraître son trouble un très bref instant. Cela suffit à Héloïse qui renchérit :

— Oui, il rentre quand de son stage d'escalade ? On a hâte de rencontrer le petit ami de Laura.

Je sens le sol se dérober sous mes pieds. On ne parle pas de ces choses-là aux adultes d'habitude. Héloïse me déteste tellement qu'elle envoie cet interdit du protocole des ados aux oubliettes… Quel enfer… Quand elle comprendra que j'ai menti pour Hervé, elle ne me lâchera plus.

Et là, alors que tout espoir est perdu, Héra fait ce qu'aucun adulte n'a jamais fait pour moi.

Elle me couvre.

— Ah oui ! Hervé ! Je suis bête ! Il faudra l'appeler Innès, car il a changé de prénom.

— Oui, parce que tout le monde se moquait de lui, je complète.

— Mais Laura a le droit de continuer à l'appeler Hervé parce qu'il est son petit ami.

— Voilà.

— Il rentre de son stage dans quelques jours. Je vous inviterai, ça lui fera plaisir de rencontrer du monde. D'autant qu'il n'était qu'avec des garçons…

— Il jouait au basket avec une fille sur la photo, objecte Héloïse qui ne laisse rien passer.

Héra a beau déployer tout son charme, mon ennemie y demeure insensible. Sa haine est plus forte. Comme ma mère quand elle a remarqué ma tenue négligée.

— Ils ont fait une rencontre avec les filles du stage de Mégane aujourd'hui, je dis avec naturel, en me rattrapant assez bien.

— C'est vrai, fait Héra.

Héloïse pince les lèvres. Elle ne me croit toujours pas mais ne peut pas remettre en question la parole d'une adulte. Alors elle esquisse un sourire charmant.

— Nous viendrons chez toi avec plaisir, Ella. Hâte de rencontrer Herv… Innès.

Elle fait exprès de buter sur le mot, mais c'est passé. Elle part en entraînant Mahaut à sa suite.

— Je ne savais pas que tu entretenais ce genre de rapport avec Hermès, fait Héra avec un sourire ironique une fois qu'elles sont suffisamment éloignées.

— Désolée… c'est juste que…

Comment expliquer ça ? J'essaie de me chercher une excuse, mais Héra m'a soutenue et j'ai l'impression que je lui dois la vérité.

— Je voulais les impressionner. C'est bête.

Je m'attends à ce qu'elle se moque de moi ou me fasse des reproches. Mes parents réagiraient comme ça. Ils me diraient des choses comme : « C'est stupide, tu n'as rien à prouver à ces filles-là. » Pas Héra. Elle me sourit.

— Ne t'inquiète pas. Hermès repassera ici un peu avant la fin des vacances et il jouera le parfait petit ami avec toi. Tant que je vivrai, aucune héroïne ne perdra la face !

Elle exagère et prend un ton théâtral qui me fait rire. Elle doit probablement penser ce qu'elle dit, mais je sais bien que ce n'est pas tout à fait vrai. J'ai potassé ma mythologie, les dieux sont du genre à abandonner les mortels à la moindre occasion.

Ça me fait quand même chaud au cœur qu'elle me soutienne dans mes mensonges.

— Hér… Ella, avant de te voir, j'ai rendu visite à mes voisines et leurs chiens se sont comportés bizarrement… De façon très agressive. Et avant ça… dans une poignée de porte, j'ai senti une présence, comme si on m'observait. Pareil qu'avec Cronos…

Je n'arrive pas à lui parler du trophée de tir à l'arc, alors qu'elle m'a couverte devant Héloïse… Ce n'est pas un manque de confiance. J'ai honte de moi et cette récompense m'y fait penser. Au lieu d'écarter ce que je lui ai dit comme d'autres le feraient, Héra m'écoute avec attention et hoche la tête.

— Ça ne ressemble pas à Cronos, mais…

Sa phrase est interrompue par de grands cris. En alerte, je porte immédiatement la main à ma broche. Est-ce encore une attaque du Titan ? Un attroupement s'est formé en contrebas. Nous nous précipitons vers la cause de cette agitation. En me rapprochant, je constate avec horreur que ma mère est en train de se battre avec Anne Barré. Et pas une petite bagarre… Elles se donnent d'énormes claques. Le genre qu'on voit dans les vieux films et dont on se redresse, la main sur la joue et l'œil noir. Elles commencent à s'agripper, déchirant leurs vêtements. La combinaison de ma mère a perdu une bretelle et le tailleur d'Anne dévoile sa doublure. Cécile et d'autres invités tentent de les séparer, rien n'y fait.

— Mais Anne ! Enfin…, s'exclame son époux, Jérôme Barré, qui a toujours un verre de champagne à la main.

Héra fend la foule. Encore un effet de son charme de déesse, car les gens me barrent le passage et je peine à la suivre. Elle se précipite vers ma mère et la fixe en lui murmurant des mots que je n'entends pas. Autant parler à un mur. Trop de haine accumulée : même le charme d'une déesse n'y peut plus rien. Héra se prend une claque à son tour et en perd son chapeau. C'est terrifiant de voir les adultes… de voir sa propre mère se comporter ainsi. Elle vient de gifler une déesse quand même ! Je suis tétanisée. Héra me fait alors signe, posant la main sur sa poitrine.

Ma broche ! Le pouvoir d'Héra est sans effet, mais peut-être qu'Aphrodite… Je ne peux pas me transformer en public, ni utiliser mon arc, mais j'ai tout un arsenal de flèches d'amour à ma disposition. Même si elles ne vont pas se matérialiser, je sais les manipuler en touchant ma broche. Je dois d'abord sélectionner le type d'amour que je vais envoyer : l'amour universel, Agapé, dont les flèches ont des plumes dorées ; l'amour filial, Philia, aux plumes roses ; ou l'amour romantique, Éros, avec ses plumes rouges. Ensuite, il suffit que je me concentre en fixant ma cible.

Héloïse est derrière sa mère, impuissante, alors qu'Anne saisit un plateau de meringues poudreuses. Elle se fige sous mon regard et je parviens alors à lui instiller un peu d'Agapé. Mais quand je me tourne vers ma mère, je n'y arrive pas. Je sens à la place une pulsion puissante me saisir : celle d'envoyer du Philia à ma mère et d'être la cible de cet amour. Pourquoi… ? Je ne devrais pas avoir à faire ça. Elle m'aime déjà. Pas vrai ? Je me retiens. Le soleil frappe alors le plateau d'argent des meringues et j'ai l'impression d'y voir une silhouette se découper. Je suis observée.

Anne reprend soudain ses esprits et jette le plateau sur ma génitrice ulcérée.

Je suis pétrifiée, incapable d'utiliser ma broche. Héra, voyant cela, retrousse ses manches et se jette dans la mêlée. Tant bien que mal, et avec l'aide d'autres invités, elle parvient à séparer les combattantes.

Je suis le petit groupe qui entraîne ma mère hors du jardin. Une fois suffisamment éloignée d'Anne, ma mère semble revenir à elle. Elle secoue la tête, le regard dans le vague, et, sans un mot, se dirige vers sa voiture.

Je lui emboîte le pas, tandis qu'Héra, restée derrière, s'occupe d'Anne et m'adresse un petit signe de tête.

Ma mère n'a pas l'air de se rendre compte que je suis là. D'ailleurs, elle ne se rend pas compte de grand-chose, au point de couvrir son siège en cuir de morceaux de meringues. Elle effectue sa manœuvre comme un robot et nous conduit loin de la garden-party. Une fois sortie du parking des Barré, elle lâche :

— Elle n'a pas supporté quand je lui ai dit que j'avais réussi à embaucher le pâtissier Jules Gressin pour ma soirée d'Halloween et que c'était pour ça qu'il n'était pas disponible pour la sienne…

Est-ce que tout le monde ici a perdu la tête ?

Moi y compris ?

Groupe chat Magic Olympe

Laura :
Les filles, mon amie pense que ce serait bien qu'on se rassemble avant la fin des vacances pour préparer notre exposé sur la Titanomachie.

À partir de mardi… ou même lundi ? Le plus tôt sera le mieux, en fait.

En plus, ma mère fait une fête déguisée pour Halloween, ça pourrait être amusant.

Sophie :
Oh ! J'adore les fêtes déguisées !

Moi, mes parents ne font pas Halloween !

Carnaval par contre…

Mais comment les convaincre ? Un exposé, c'est pas assez important !

Laura :
Je pourrais te donner des cours de soutien en maths en plus de l'exposé ?

Sophie :
Bonne idée !

Mégane :
Je pense qu'il n'y aura pas de souci pour que je vienne.

Ma mère va faire la gueule parce que le train coûte cher, mais elle est trop contente que j'aie des amies filles.

Nour :
Je pense que ça ira aussi de mon côté. Je suis contente de vous voir.

Ophélie :
Mon père trouve bizarre qu'on soit à six pour le même exposé.

Et la mythologie grecque n'est pas au programme cette année...

Mais on travaille dessus de notre propre chef pour des points bonus ! Pas vrai ?

Laura :
C'est ça, l'institut Sainte-Percaline encourage ses élèves à prendre ce genre d'initiatives.

Ophélie :
Argh !

Ophélie :
Il dit que je peux y aller mais que je devrais sortir le chien deux jours pour avoir tenté de l'embobiner.

Il veut aussi parler à ta mère, Laura.

Nour :
Je pense que ce sera mieux si ma mère lui parle aussi.

Mégane :
Idem !

Sophie :
Moi, mes parents voudront parler à tes deux parents ! Double dose de fun !

Laura :
OK, je transmets. 😊

CHAPITRE 5

CLAQUETTE RAQUETTE

JE FERME LA DISCUSSION, l'estomac noué d'angoisse. Et ce n'est pas à cause des Titans. Comment je vais m'en sortir avec cette histoire d'appel ?

Je sais que ma mère ne verra pas d'objection à ce que je reçoive mes amies. Tant qu'elles ne touchent ni ne cassent rien dans la maison, ça ira. Elles n'auront bien sûr pas le droit de profiter de la piscine aux heures où ma mère y va. Ou aux heures où elle s'installe sur son transat pour lire un magazine. Ou aux heures où elle y trempe les pieds en téléphonant à des clients importants, ce qui m'angoisse toujours parce que... imaginez qu'elle laisse tomber son téléphone dans l'eau ? Et que ça l'électrocute ? Je sais que ça n'arrivera pas, mais on ne sait jamais !

En tout cas, Sophie, Nour, Mégane et Ophélie pourront venir, puisque ma mère me dit toujours que je suis trop dans ses jambes et que je devrais inviter des amies. Elle m'a forcée à organiser des fêtes avec Héloïse, Mahaut et d'autres filles toute mon enfance sans que j'aie eu mon mot à dire sur le nombre phénoménal d'invitées. Pour une fois, je suppose qu'elle sera contente que l'initiative vienne de moi. Mais l'idée qu'elle discute avec les parents de mes amies me terrifie. Le père d'Ophélie a l'air d'être un genre de mère poule ascendant commère, qui sait ce qu'il trouverait à reprocher à mes parents. Rien à voir avec mon propre père. La famille de Sophie, quant à elle, semble assez stricte et prudente. Et jugera sans doute l'absence de mon père qui est déjà dans un avion pour New York. Si les parents de Mégane sont un peu comme leur fille, ils verront mes parents comme des ennemis politiques. Quant à la mère de Nour, elle ressemble à une artiste bohème et ne s'entendra pas du tout avec la mienne.

Ils vont tous la juger et me prendre en pitié, comme Héra. Et surtout, ils ne voudront sûrement pas qu'elles me rejoignent, alors que nous avons une tâche vitale à accomplir. Il y va de la survie du monde! Un Titan se promène en liberté et je n'en viendrai pas à bout toute seule. Il faut que je demande à Héra de m'aider. Par exemple, elle pourrait se faire passer pour ma mère au téléphone. Je suis sûre que son charme marche à travers les portables. C'est un peu bizarre de lui avouer frontalement que j'ai besoin qu'elle me couvre pour mentir à des adultes. Quand elle m'a soutenue face à Héloïse, j'étais vraiment surprise qu'on me protège ainsi. Mais là, je fais d'elle ma complice. Ce n'est pas mon genre de mentir et encore moins de solliciter de l'aide pour le faire, mais j'essaie de me dire que c'est pour la bonne cause.

Après l'accident des meringues hier, ma mère a pris un bain pendant trois heures, bu une bouteille de vin dans son joli verre en cristal, puis s'est couchée et on ne l'a plus revue. Je m'attendais à ce que le téléphone sonne et que les gens lui soutirent des potins en faisant mine de compatir, mais rien. Le pire était-il en train de se produire ? Est-ce que ma mère allait être exclue des Rivierettes et de tous ses cercles mondains ? Sa soirée d'Halloween a lieu la semaine prochaine, ce n'est pas le moment de donner à ses invités une raison de se désister.

Eh bien non. À dix heures tapantes, toutes ses amies débarquent pour organiser la fête. Même Anne Barré est parmi elles. Et Héra les rejoint en suivant. Je guette un moment pour lui glisser un mot au sujet des Magic Olympe, mais tout le monde veut lui parler. Alors j'écoute d'une oreille en faisant mine de lire un Dostoïevski auquel je ne comprends rien. Personne ne mentionne ce qui s'était passé à la garden-party... Par contre, quand Cécile propose qu'on ait des meringues avec des yeux dessinés dessus pour ressembler à des fantômes, il y a un grand silence. Anne lui répond sèchement :

— Tu n'y penses pas, Cécile ! On ne va quand même pas demander au grand Jules Gressin de réaliser ce genre de pâtisserie décorative !

— Tant qu'on y est, et pourquoi pas lui demander de couvrir un de ces affreux gâteaux avec de la pâte à sucre pour en faire un trompe-l'œil, comme aux États-Unis ? renchérit ma mère.

— Ce serait d'un ringard !

Elles éclatent de rire, unies contre la pauvre Cécile qui baisse la tête en rougissant. Je saisis qu'il faudra quelques années avant que maman ou Anne ne tolèrent qu'on prononce le mot « meringue » en leur présence.

Toujours est-il que personne ne semble tenir rigueur à Anne ou à maman de leur comportement… plus que discutable à la garden-party. C'est assez étonnant. Ma mère ne m'aurait pas adressé la parole pendant au moins une semaine si ça avait été Héloïse et moi qui en étions venues aux mains.

Héra est accaparée par les Rivierettes qui veulent toutes son avis sur leurs costumes. Frustrée, je lâche mon livre et me plante devant le buffet que j'ai aidé Marie à installer. Je cherche Héra du regard mais, comme elle ne me prête pas attention, je me perds bientôt dans la contemplation des minisandwichs au saumon.

Et là… encore ces yeux. J'entraperçois un mouvement dans le métal du plateau, je veux décaler les amuse-bouches pour y voir plus clair, mais quand j'effleure le métal, il est brûlant. Je me dégage vivement et fais sursauter ma mère.

— Laura ! Qu'est-ce que c'est que ces façons de se ruer sur la nourriture ?

Je rougis et recule mais Héra croise mon regard. Elle devine que quelque chose d'étrange s'est encore produit.

— Je me mets à côté de toi au match, parvient-elle à me glisser en partant.

Après le déjeuner, nous devons nous rendre à un tournoi caritatif de tennis en famille, alors évidemment, Héra est invitée. Elle remplace mon père en quelque sorte. Mais ça m'arrange bien. Il faudrait qu'il se passe des choses intéressantes et que le public réagisse, sinon on nous entendra parler entre le *chtok* de la balle d'un côté et le *chtuk* de l'autre.

Je ne suis pas déçue de ce côté-là.

Même si c'est bientôt Halloween, le club a su rester distingué avec une décoration automnale. Il y a des citrouilles le long des allées et des guirlandes de feuilles mortes suspendues au bord des gradins. C'est sobre… presque triste. Une part de moi aime bien les sorcières et les squelettes qu'on sort dans la médiathèque où je vais à cette période. Après tout, si le club en avait fait plus, ça aurait juré avec les spectateurs présents.

Nous retrouvons Héra, qui s'est changée depuis ce matin. Elle est ravissante avec son polo rose pâle et son pantalon de marin. Elle ressemble un peu à Katharine Hepburn. Ma mère est sous le charme comme à l'accoutumée, pourtant Héra parvient quand même à se placer à côté de moi dans les gradins. Ça me rassure. Je sais que c'est un tournoi caritatif mais il y a quelque chose dans l'air. Je suis tendue. En contrebas, je repère l'aîné des Barré, Abélard dit Bébel. Il a trois ans de plus que nous et va disputer un match aujourd'hui. J'ai toujours trouvé que Bébel n'était pas mal, bien qu'il ne ressemble pas du tout à Belmondo dont il partage le surnom. Mais quand j'en ai parlé à Héloïse, elle s'est tellement moquée de moi que depuis, j'évite Bébel et lui dis à peine «bonjour». Il doit croire que je le déteste… À moins que je sois trop insignifiante à ses yeux pour qu'il me remarque.

Ma mère monopolise Héra pour le moment en lui parlant de toutes les personnes qu'elle connaît dans le public (et il y en a beaucoup). À un moment, Jérôme et Anne passent devant nous.

— Cachez les meringues ! Et tout objet consommable ou contondant ! s'écrie Jérôme en partant d'un rire tonitruant.

Anne l'ignore d'un air pincé et invite ma mère à aller chercher à boire. Aujourd'hui, elles semblent plus amies qu'ennemies. Une petite bagarre de temps en temps ne leur fait pas tant de mal que ça finalement.

— Ta mère exulte car Anne porte du Lavan aujourd'hui et ce serait de très mauvais goût pour un tournoi caritatif. Apparemment, si c'était à Wimbledon, ça passerait, mais même à Roland-Garros, ce serait excessif, me dit Héra en prononçant « Wimebeuldone » avec beaucoup d'application.

Je ne dis rien. Anne et ma mère sont toujours meilleures ennemies.

— Ton monde est si compliqué, soupire Héra. J'ai hâte de rentrer à l'internat.

— Moi aussi, j'admets.

— Et puis, les mortels sont vraiment insupportables à se disperser à travers le pays comme ça. De mon temps, on naissait et mourait dans le même village, et c'est tout.

C'est vrai. Même ce grand voyageur d'Ulysse a fini par rentrer au bercail après ses exploits dans *L'Odyssée*... C'était au programme l'an dernier.

— J'ai encore eu le sentiment d'être observée ce matin, je souffle.

— J'ai remarqué... C'est inquiétant.

— C'est ça. Mais au moins, les filles vont venir à la maison... même si c'est pour sauver le monde avant tout.

— Oh, vous pourrez sûrement vous amuser un peu aussi, dit Héra avec un sourire.

Mon heure a enfin sonné !

— En parlant de ça, elles veulent que mes parents appellent les leurs pour les inviter... Je ne sais pas quoi faire. Est-ce que tu pourrais...

Nous sommes interrompues alors que ma mère revient s'asseoir pour le premier match. Il oppose Bébel à Pierre-André. Ils sont tous les deux grands et minces et, sous le soleil d'octobre, leurs maillots clairs resplendissent. Bébel a néanmoins beaucoup plus d'allure que Pierre-André qui se tient voûté comme s'il voulait se cacher.

Ça y est, premier service pour Bébel. Pierre-André renvoie d'un revers foudroyant. Il est moins pataud qu'il n'en a l'air. Mais Bébel n'a aucun mal à le contrer. Il voltige, imperturbable, d'un bout à l'autre du terrain. Quelle prestance. Il marque le premier. Je vois Pierre-André se tendre. Il est déjà si frustré au premier set ? Et ça ne fait qu'empirer. J'ai déjà vu des gens perdre leurs moyens sous la pression. Mais on est à un tournoi caritatif. Il n'y a littéralement rien à gagner. Et Pierre-André n'a de toute façon pas besoin d'argent. Plus il s'énerve, plus il accumule les erreurs et Bébel se montre impitoyable. Héra, qui s'endormait à mes côtés, se crispe soudain. Redressée, elle scrute la foule de spectateurs des yeux. Je suis saisie d'un sentiment de malaise. Quelque chose ne va pas.

À la fin du set, Pierre-André pousse un cri de rage. Tous les spectateurs sursautent, stupéfaits. Bébel lui tourne le dos, parti chercher à boire. C'est alors que Pierre-André s'élance par-dessus le filet et lui assène un énorme coup de raquette par-derrière. Je me lève d'un bond ! Qu'il n'abîme pas le beau Bébel ! Héra se lève aussi, l'air très inquiet.

— Je suppose que ça ne fait pas partie des règles du tennis…

Je touche ma broche et tente d'envoyer un peu de Philia à Pierre-André pour qu'il se calme. Il se fige comme Anne l'autre jour. J'essaie de me concentrer et sens Héra qui me saisit la main pour m'encourager. Cette fois, je vais y arriver.

Je scrute le terrain. De là où je suis, je ne vois pas si Bébel est blessé. Mais je remarque que sa mère comme son père se précipitent vers lui. Et je ne sais pas pourquoi, mais cette vision me brise le cœur. Je me sens terrassée par un sentiment de vide… et de jalousie. Je n'arrive plus à me concentrer sur ma flèche de Philia. Pierre-André en profite pour reprendre sa raquette. Bébel s'écarte de ses parents et se montre tout aussi hostile. Il attaque, mais claque son père avec sa propre raquette par accident.

Encore une fois, la bagarre dégénère et il faut s'y mettre à plusieurs pour empêcher les garçons de s'étriper. Le tournoi est écourté et des médecins interviennent même pour s'occuper des garçons qui ont réussi à se donner une série de coups de poing assez peu amicaux. Je déteste ça. Bébel a baissé dans mon estime. En réalité, quelque chose me dit qu'il n'est pas tout à fait lui-même.

Héra m'entraîne à l'écart.

— Il y a un Titan derrière tout ça, pourtant ce n'est pas le style de Cronos. Ça ressemblerait bien à

Éris, déesse de la discorde. Ou encore à Arès… mais que viendraient-ils faire ici ? Qui est à l'origine de ces explosions de rage ?

— Est-ce qu'il est possible que quelqu'un d'autre soit sorti des Enfers ? je m'inquiète.

Héra se fige.

— Il y a peut-être un moyen de vérifier, lâche-t-elle dans un souffle.

Elle regarde autour d'elle et son regard s'arrête sur le sol. Je distingue une fourmi qui s'avance vers nous. J'essaie d'identifier si elle est suivie par ses copines et, effectivement, il y a une petite cohorte derrière elle. Soudain, une chaussure de luxe interrompt mes observations de sciences naturelles. Sans aucun état d'âme, Héra écrase les fourmis avec une efficacité redoutable. C'est un carnage.

Puis, elle se penche sur leurs cadavres. Elle trifouille même dedans !

— Qu'est-ce que… qu'est-ce que tu fais ? je l'interroge, perplexe.

— Je fais de la divination avec leurs entrailles. C'est une technique d'Aphrodite. Bon, les fourmis sont un peu petites pour un sacrifice, mais il y en a assez pour que j'aie un aperçu des Enfers.

C'est extrêmement glauque… Enfin, je suppose

qu'on n'a pas le choix. Quand elle se redresse, elle est livide.

— Cronos... je pense qu'il est revenu aux Enfers. Il a libéré d'autres Titans. Je ne sais pas combien ni qui, mais c'est bien la menace d'un de ses frères et sœurs qui pèse sur toi.

Je deviens blême à mon tour. L'entendre énoncer ce danger est terrifiant.

Héra semble hésiter un instant. Elle finit par secouer la tête et par lâcher :

— Ça m'inquiète de te laisser seule, mais il faut que j'y aille pour en savoir plus et aider les autres déesses. Elles ont besoin de moi. Toi, arrange-toi pour que les filles te rejoignent ici, et vite. C'est urgent. Hermès ne devrait pas tarder à arriver non plus.

— Attends ! Comment je vais faire pour...

— Tu t'en sortiras très bien, il ne faut pas que je tarde. Je serai de retour le plus tôt possible.

Je n'ai pas le temps d'insister pour qu'elle appelle les parents de mes amies, la voilà déjà partie.

J'ai l'impression de perdre toute mon énergie d'un coup. Et moi qui commençais à penser que je pouvais compter sur Héra...

Durant le trajet du retour, ma mère passe son temps à se moquer du pauvre Bébel avec son œil au beurre noir. Je n'ose pas lui demander d'arrêter, elle se ficherait sûrement de moi. Tout à coup, elle se tourne vers moi.

— Quand je pense qu'on a fait tout un cirque quand tu as ciblé cette pauvre fille à la compétition de tir à l'arc, ma chérie. Mais toi au moins, tu ne lui as cassé aucune dent.

Je me fige. Elle n'avait pas évoqué ce qui s'était passé avec Héloïse depuis… depuis que j'ai été envoyée à l'internat. J'ai le même sursaut de culpabilité à chaque fois que je m'en souviens. C'est tellement lourd. Comme si un rocher me tombait sur les épaules. Non, sur le ventre.

— Tu n'aurais jamais été capable d'une telle violence.

— Vous… vous m'avez pourtant envoyée à Sainte-Percaline pour régler mes problèmes de violence, dis-je, hésitante.

— Et je pense qu'ils sont réglés.

Je retiens mon souffle.

— D'un autre côté, la pension te fait du bien. Tu devrais y rester…

Pendant un instant, j'ai espéré autant que craint qu'elle me propose de revenir à la maison.

— Mais avant ton départ, on va se faire de beaux souvenirs. Ton père a beau manquer ma fête, toi et moi, on forme une famille aussi unie que les pauvres Barré.

Je repense à la façon dont les parents de Bébel se sont précipités vers lui pendant le match. Ma mère l'a-t-elle remarquée aussi ?

— Ça te dit de former un duo avec moi pour le concours de costumes de ma fête ? Anne et sa famille vont se déguiser ensemble, mais à deux, je suis sûre que nous serons plus impressionnantes qu'eux quatre ! Pour le prix, j'ai commandé une très jolie sculpture de citrouille, pas du tout kitsch, un peu Art nouveau avec de jolies feuilles ciselées. Elle sera en or massif. Si je pouvais la garder pour moi, ça m'arrangerait… mais c'est le vote du public qui décidera du gagnant.

J'ai peine à écouter ce qu'elle dit après sa proposition. Mon cœur se gonfle de joie. Je ne sais pas ce qui me vaut cette chance. C'est inespéré ! Je hoche vigoureusement la tête en regardant ma mère dans le rétroviseur. Elle a toujours très bon goût : nos costumes seront forcément magnifiques.

— Je pensais à une thématique « blondes hitchcockiennes ». Qu'en penses-tu ? propose ma mère.

C'est PARFAIT !

Je hoche de nouveau la tête… et, pendant qu'elle est de bonne humeur, j'enchaîne :

— Je peux inviter mes amies de pension à passer la fin des vacances ici ?

Ma mère hausse les épaules.

— Ce n'est pas la peine de demander.

Ouf. C'est déjà ça. Maintenant, je tente le tout pour le tout avec ma seconde demande. Je sais que les parents de mes amies n'aimeront pas ma mère – et *vice versa* –, mais mieux vaut un parent qu'on n'aime pas que pas de parent du tout.

— Et… tu pourras appeler les parents de mes copines pour en discut…

— Oh là là, j'ai mieux à faire, ma chérie ! Tu peux t'en occuper ?

Elle pianote déjà sur son téléphone en quête d'inspiration couture pour notre duo. C'est peine perdue.

CHAPITRE 6

COMMENT PLUMER SES PARENTS

JE DÎNE SOUVENT SEULE DANS LA CUISINE. Enfin, seule… sans mes parents. Je croise beaucoup de personnel, dont Marie qui me raconte les derniers potins. Elle constate que j'ai une petite mine, ce soir, et me sort une tartelette prévue pour un brunch d'affaires de ma mère, demain. Mais je n'ai pas d'appétit. J'aime beaucoup Marie, ne vous y trompez pas. Et j'apprécie vraiment son attention. Reste qu'elle n'est pas mes parents. Et qu'elle n'acceptera sans doute pas de téléphoner aux parents de mes amies en se faisant passer pour ma mère. De toute façon, je ne peux pas me permettre de l'impliquer dans ce genre de complot. Je ne veux surtout pas qu'elle se fasse virer.

Je retourne dans ma chambre d'un pas lourd. Je n'ai rien mangé et, pourtant, j'ai la nausée. Je retrouve alors un allié inattendu dans ma chambre. Il y a un pigeon sur le rebord de ma fenêtre.

— Hermès ! je m'écrie.

J'aurais l'air bête si ce n'était pas lui. Mais il me fait un clin d'œil, ce qui est très troublant venant d'un pigeon.

— Tes chiennes ont failli me croquer la queue !

— Elles sont joueuses.

— Héra n'est pas là ?

— Non !

Les dieux, comme les gens de mon milieu, appellent leurs parents par leur prénom. D'après les manuels de mythologie que j'ai lus, Hermès n'est pas le fils biologique d'Héra, mais c'est tout comme. Et avec nous, il agit en grand frère. Alors je me lâche et me mets à râler. Je suis tellement soulagée de ne pas être seule, il faut me comprendre !

— Et elle ne m'aide pas pour inviter les filles ! Sauf qu'il faut que mes parents appellent les leurs, et ma mère m'a dit de me débrouiller ! Et ta mère aussi !

— Typique, fait Hermès.

— Je comptais sur Héra pour se faire passer pour ma mère ; maintenant qu'elle est partie, c'est impossible. Et le temps qu'elle revienne, il sera peut-être trop tard pour inviter les filles. Et Cronos va m'écraser comme une punaise !

Hermès sourit d'un air malicieux. Enfin, il sourit des yeux... comme un pigeon... Non, les pigeons ne sourient pas des yeux non plus ! Bref, vous voyez l'idée, il s'amuse.

— Ferme tes rideaux.

Je m'exécute et il se métamorphose dans un tourbillon doré. Mais ce n'est pas le bel adolescent qu'il incarne habituellement au lycée qui m'apparaît mais... ma mère.

J'écarquille les yeux.

— Ramasse ta mâchoire, elle est tombée par terre, me dit Hermès dans une imitation plus vraie que nature de sa voix pointue.

Je suis tellement subjuguée que je suis à deux doigts de m'exécuter.

— Mais enfin, Laura, pourquoi tu es si surprise ? Je suis un dieu, dit-il en reprenant sa voix chaleureuse habituelle.

— Non ! Garde la voix de maman, c'est suffisamment perturbant comme ça.

Il sourit.

— Bon, tu me passes ton téléphone ?

Je le lui tends, puis, hésitante, je précise :

— Certains parents voudront aussi parler à mon père…

— Combien de fois faudra-t-il te dire que j'ai des capacités divines ? reprend Hermès avec une voix d'homme adulte tout en ayant gardé le corps de ma mère.

Je suis complètement déboussolée, mais quatre appels plus tard, tout est réglé. Comme prévu, mes parents paieront tous les frais. Au final, mes amies n'arrivent que mardi prochain, soit dans quatre jours… Nous n'avons pas réussi à négocier plus tôt. J'espère que d'ici là, le Titan qui nous cherche des noises n'aura pas le temps de forcer le monde entier à s'entre-tuer à coups de raquettes et de meringues. Et faites qu'Héra soit de retour ! Car, honnêtement, ça m'inquiète de me retrouver seule. Même avec Hermès à mes côtés. D'ailleurs, il n'a pas du tout tiqué quand j'ai pris mon courage à deux mains pour lui demander s'il pouvait faire semblant d'être mon copain. C'est le dieu des voleurs, et ce doit aussi être celui des mensonges et de la filouterie parce qu'il a acquiescé tranquillement.

— Ça marche, je serai le meilleur petit ami qu'une mortelle puisse espérer.

Il a moins fait le fier quand je lui ai dit qu'il était censé s'appeler Hervé et avoir changé de nom pour Innès. Même des dieux qui côtoient des gens appelés Héphaïstos ou Hippolyte ont leurs standards.

Groupe chat Magic Olympe

Sophie :
Je sais bien qu'on va travailler et qu'on sera très occupées…

Mais trop hâte de vous voir, les filles !

Nos axolotls seront enfin réunis !

En plus, je ne ferai pas le trajet seule ! Et ça c'est cool, parce que je m'ennuie TROP dans le train.

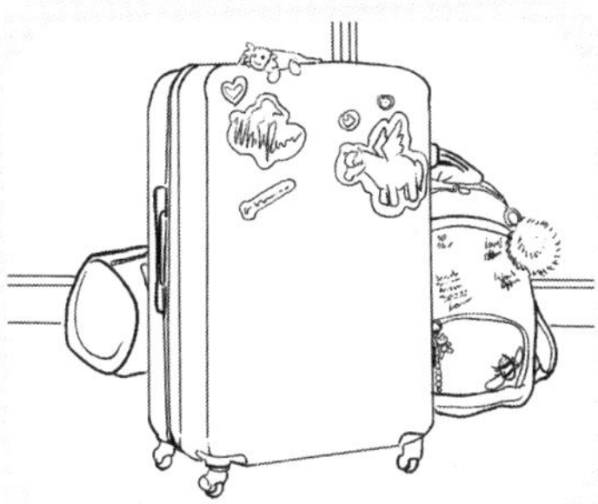

Mégane :
C'est clair. C'est trop bien de partir ensemble depuis Paris.

Sophie :
Et vous allez dormir chez moi ! Soirée pyjama ! C'est comme une répétition pour la suite ! Je suis si excitée !

Nour :
Vous avez de la chance d'être réunies un peu plus tôt.

Ophélie :
C'est surtout parce qu'il n'y a plus de trains directs depuis chez nous. Mon père dit que c'est une des conséquences désastreuses de la destruction organisée du réseau ferroviaire français par le lobby automobile.

Mais attends, Papa, tu parles trop vite !

Et voilà, il s'énerve.

Bon, bref. Moi, je suis contente si ça me permet de voir mes copines encore plus tôt.

Mégane :
Yes !

Ophélie :
Même si j'avoue que prendre le train à six heures…

Sophie :
Argh, j'essaie de ne pas y penser ! C'est bien parce qu'on t'aime, Laura.

Laura :
<3

Les quatre jours qui m'ont séparée de l'arrivée de mes amies ont passé horriblement lentement, mais la dernière journée a été la pire. Cronos n'est vraiment pas dans le coup ? Parce que chaque seconde semble durer une heure !

En les attendant, je ne suis pas beaucoup sortie. De toute façon, ma mère m'a accaparée pour des séances d'essayage de costumes pour sa soirée d'Halloween. Elle sera déguisée en Grace Kelly dans *Fenêtre sur cour* et moi en Tippi Hedren dans *Les Oiseaux*. Je dois admettre que c'était quand même assez distrayant de travailler des poses avec elle. Et mon ensemble vert, robe et veste assorties, est absolument incroyable.

J'ai aussi présenté Hermès à ma mère en tant que petit ami officiel, ce qui l'a beaucoup intéressée.

— Je m'occupe de son costume pour Halloween, a-t-elle déclaré, les yeux brillants.

Puis elle a marmonné :

— Il est bien plus beau que Bébel, Anne sera verte.

Quand ma mère m'a chassée parce qu'elle n'avait plus besoin de moi pour les costumes, j'en ai profité pour sortir les chiennes avec Hermès. Je l'ai aussi présenté à Sharona et Svetlana, chez qui nous avons bu le thé, servi dans leur magnifique samovar peint de fleurs colorées. Elles lui ont fait une série de compliments très gênants, en parlant de lui comme s'il n'était pas là.

— Il a le profil de Baryshnikov, a commencé Svetlana.

— Pas du tout, c'est le nez de James Stewart ! a affirmé Sharona.

— En tout cas, il a des jambes de danseur.

— De claquettes !

— De ballet, voyons !

— Il est élancé.

— Il est expressif.

— Il est digne de Laura ! ont-elles conclu en chœur.

Hermès m'a fait un clin d'œil et j'ai eu envie de disparaître. Mais ça a mis Hermès de très bonne humeur. Sur le chemin du retour, il sautillait carrément.

— Eh bé ! Quel enthousiasme, ai-je commenté.

Il a ri.

— J'adore ces femmes ! On s'amuse beaucoup mieux chez elles que chez toi ! Allons aussi les voir demain !

Son commentaire dénué de tact m'a plus blessée qu'il ne l'aurait sans doute dû. Oui, ma mère n'est pas bavarde et joviale. Mais elle n'est pas à la retraite, elle. Elle a une carrière et une vie sociale à gérer.

— Ce serait malpoli de trop s'imposer chez elles, j'ai maugréé en baissant la tête.

— Elles t'adorent, a-t-il répliqué.

Oui, et ? Ma mère aussi m'adore ! Je n'ai rien ajouté et Hermès est passé derrière un arbre pour reprendre son apparence de pigeon et voler vers chez moi. Le soleil se couchait, moment de la journée où tout est éblouissant. La lumière reflétée par la mer était aveuglante… et quelque chose brillait d'un éclat surnaturel, au loin. Et tout à coup, j'ai été prise d'une envie très bizarre…

Il fallait que je possède cet éclat. Il fallait qu'il n'appartienne qu'à moi ! C'est stupide : on ne peut pas posséder un éclat. Alors j'ai rassemblé toutes mes forces pour ne pas courir vers l'eau et j'ai fermé les yeux.

Quand je les ai rouverts, la nuit était tombée.

Je n'ai pas pu parler de cet incident aux filles… Je ne savais pas quelle formulation adopter pour que le père d'Ophélie ne comprenne pas, mais que les filles tiltent. C'était un peu trop farfelu. J'ai hâte que tout le monde soit là pour en discuter. J'ai fait mes recherches, un peu à l'aveuglette : quel serait le pouvoir qui se cache derrière ce Titan ? Il m'observe à travers divers objets et excite l'agressivité des chiens et des humains… Ça ne correspond à aucune description de mes ouvrages de mythologie. J'espère qu'ensemble, nous trouverons. D'ici à ce qu'Héra revienne, bien sûr.

Le matin de leur arrivée, je retrouve Hermès – toujours déguisé en ma mère – devant la voiture d'Héra derrière le portail. C'est lui qui me conduit à la gare. Je ne suis pas pressée de découvrir ses capacités de conducteur, et ça ne loupe pas : dieu des voyageurs ou pas, il n'a jamais pris le volant d'un SUV.

Quand nous arrivons à la gare, je suis livide… mais reprends vite mes couleurs en apercevant mes amies à l'entrée ! Qu'importe que Mégane porte un bermuda, vêtement que ma mère déteste, elle a l'air en pleine forme. Nour, qui ressemble toujours à un vampire avec son haut noir, son pantalon noir, sa valise noire, etc. Sophie porte bien son panneau à paillettes où elle

LES
COPINES

a écrit : « LES COPINES ! », et Ophélie, toujours aussi nonchalante, s'est adossée à un pilier, les bras croisés, avec l'air aussi assuré que si elle était la propriétaire des lieux.

Quand elle me voit, contrairement aux autres qui me sautent dessus, elle s'avance lentement et me sourit sans rien dire.

Hermès repère la mère de Nour qui a accompagné sa fille en voiture ici. Il lui fait son numéro de charme, complimentant sa fille si cultivée, si gentille… Nour est écarlate, mais sa mère a l'air d'apprécier. Elle enlace sa fille une dernière fois sans savoir qu'elle nous confie au pire conducteur que la Terre ait jamais porté.

— Je vous embarque, dit Hermès d'une voix chantante en se dirigeant vers le parking.

— Merci pour l'invitation, madame, dit Nour avec timidité. Euh… voilà des chocolats.

— Oui, c'est très gentil ! renchérit Sophie. Et mon père a choisi ce vin pour vous remercier.

— Je suis sûre que votre fête sera géniale, ajoute Ophélie en tendant elle aussi une boîte de sucreries.

Hermès cligne des yeux avec perplexité. Moi, je suis vraiment heureuse qu'elles n'aient pas vraiment rencontré ma mère. Surtout qu'elle aurait détesté leurs cadeaux… J'éclate de rire et avoue :

— Je n'ai pas pu vous en parler sur le chat, mais c'est Hermès qui a appelé vos parents et qui est venu vous chercher.

À leur tour de nous fixer avec des yeux ronds. Mince, elles ne partagent pas du tout mon amusement.

— Hein ? Mais pourquoi ta mère n'a pas pu les appeler ? s'étonne Sophie.

— Elle est occupée, je réponds, un peu gênée par leurs réactions.

— Mais elle sait qu'on vient au moins ? demande Mégane.

— Oui, bien sûr.

— Et elle n'a pas voulu en savoir plus sur nos parents ? On pourrait être des trafiquantes, après tout ! s'écrie Nour, inquiète.

— Pas si fort, les filles, nous sommes en public, nous glisse Hermès.

— Et puis, ce qui est important, c'est qu'on soit ensemble ! je reprends.

— Oui, on a un Titan à tataner, renchérit Ophélie.

— Go les Magic Olympe ! clame Mégane.

Elle me devance et se met à courir vers le parking. Sophie la suit, mais Mégane s'arrête net quelques mètres plus loin.

— Attendez, je dois aller où ? Elle est où la voiture ?

C'est bête, mais ça nous fait beaucoup rire, même si nous craignons pour nos vies après nous être entassées dans la voiture qu'Hermès conduit comme un héros de film d'action ! Un poids faramineux a quitté mes épaules. Je me laisse porter et je me sens en sécurité. Et je ne le prends même pas pour moi quand Mégane se lance dans une diatribe contre les SUV hyper-polluants et responsables de plein d'accideeeents ! (Hermès vient de prendre un virage en épingle.)

J'interromps le dieu des voyageurs alors qu'il bifurque vers chez moi :

— Allons plutôt à la plage ! On sera plus tranquilles pour parler.

Le demi-tour est monstrueux, les pneus crissent et nous glissons toutes vers la droite. Une voiture klaxonne mais Hermès fait comme si de rien n'était. Il se gare de travers en prenant non pas une, non pas deux, mais trois places ! Un bel exploit si vous voulez mon avis. Dans un tourbillon doré, il reprend son allure d'adolescent. Puis il se retourne vers les filles à l'arrière :

— Oh, il faut aussi que Laura vous dise qu'on sort ensemble.

— Quoi ? s'écrient-elles en chœur.

— Pour de faux évidemment ! je rétorque. C'est pour… euh…

Comment leur expliquer que j'ai inventé un pathétique mensonge pour impressionner ma grande rivale Héloïse Barré.

— Mes parents insistaient pour que j'aie un cavalier à la fête d'Halloween, je lance, hésitante.

— Sa mère veut que je mette un costume qui gratte, grimace Hermès.

Son intervention a le mérite de détendre l'atmosphère, et nous éclatons carrément de rire quand il explique avec dépit qu'on doit l'appeler Innès, un nom qu'il désapprouve au plus haut point. Les filles ne me posent plus de questions… pour le moment. Ophélie nous regarde cependant, « Innès » et moi, avec un drôle d'air quand nous descendons de la voiture pour rejoindre la promenade des Anglais.

— Tu exagères, Hermès, dit Sophie, un costume qui gratte, ce n'est pas la mort ! La mode avant tout !

— Merci, je me sens comprise, je lui réponds en songeant que mon magnifique ensemble de Tippi Hedren en lainage vert gratte aussi pas mal.

— Et puis, tu ne peux pas passer ta vie en jupe, renchérit Sophie.

— Écoutez, pour ce qui est de la jupe, je ne comprends toujours pas pourquoi je n'ai plus le droit d'en porter, mais les jeans par exemple ? Voilà qui est merveilleusement confortable. On a l'impression de plonger dans une eau limpide sous forme de vêtement, s'enthousiasme Hermès avec un sourire béat.

— Il n'a clairement jamais mis de skinny jeans, commente Ophélie. Je te jure que c'est plus sportif à enfiler que de « plonger dans une eau limpide ».

— De toute façon, plus personne ne porte de skinny à part les vieilles ringardes, j'assène.

— *Hey !* proteste Nour. J'adore les skinny jeans ! Je me sens bien maintenue de partout.

— Toi, ça te va, réplique Ophélie, mais pense à nous pauvres mortels... et à Hermès... pauvre immortel à la peau sensible !

Je ris de nouveau. Nous sommes là, toutes les cinq, à marcher sur la plage en parlant de sujets futiles. Tous mes soucis me semblent loin. Ils flottent au vent et s'éloignent vers le large. Mes parents, Héloïse, les Titans...

Les Titans !

Comme si elle lisait dans mes pensées, Ophélie reprend :

— Bon, ce n'est pas que je n'aime pas parler chiffons, mais… et si tu nous disais ce qui se passe, Laura ? Pourquoi on a dû se rassembler aussi vite ?

Nous nous asseyons au bord de l'eau et je commence à raconter les derniers événements. Le vent qui souffle vers la mer couvre mes paroles. Seules mes amies m'entendent. Mais même à elles, je ne parviens pas à parler des trophées.

— Les pouvoirs de ce Titan ont l'air très violents, observe Nour d'un ton lugubre.

Nous gardons le silence un moment. Je n'ose pas toucher Sophie à côté de moi, mais je sens sa chaleur et ça me réconforte énormément.

Et là, une ombre s'abat sur nous.

CHAPITRE 7

LES MAGIC DÉLINQUANTES

NOUS LEVONS LE NEZ VERS UNE FILLE ÉLÉGANTE aux pointes décolorées. Héloïse. Évidemment, Mahaut n'est pas loin avec son carré pâle au vent. Elle couine de joie en nous voyant… enfin en voyant Hermès.

— Ah ! Alors il existe vraiment !

Elle se met à glousser.

— Héloïse n'y croyait pas.

— Ne croyait pas quoi ? demande Mégane en se levant pour leur faire face.

Elle s'enflamme vraiment pour un rien. Héloïse ne m'a même pas encore insultée. Mais ça ne saurait tarder… Elle examine Mégane comme s'il s'agissait d'une méduse échouée. Avec un mélange de fascination et de dégoût.

— Tu as ramené tes amies délinquantes pour polluer la plage ?

Sophie se crispe. Ophélie fronce les sourcils. Les poings de Mégane se serrent.

— Tu as conscience que vu sa marque, ton T-shirt est probablement le fruit de l'oppression et de l'exploitation des Ouïghours ? lui assène-t-elle.

— Probablement pas, c'est du vintage, réplique Héloïse.

— C'est quoi un Ouïghour ? demande Mahaut.

— Un peuple d'Asie centrale. Le gouvernement chinois est en train de les faire disparaître petit à petit, répond Mégane sans quitter Héloïse des yeux.

Cette dernière nous observe, Hermès et moi.

— C'est vraiment ton copain ?

Elle le détaille, cherchant une faille dans son physique parfait et ses vêtements bien coupés. Comme elle n'en trouve pas, elle enchaîne :

— Vous n'êtes pas très proches, Hervé et toi…

Effectivement, nous sommes séparés par Sophie

et Ophélie. Hermès bondit aussitôt pour se poster à côté de moi. Ce n'est absolument pas naturel et je suis écarlate. J'essaie de trouver mes mots pour répondre, mais la présence de mes amies me perturbe.

— Il s'appelle Innès, je parviens à articuler.

— Et on est avec des amies, on ne va pas se coller tout le temps, ajoute Hermès.

— Ouais, si tu fais ça avec ton copain quand tes potes sont avec vous, c'est vraiment pas des manières ! renchérit Sophie.

— Sauf que t'as probablement pas de copain. Ce qui n'a rien d'étonnant vu comment tu nous agresses alors que tu ne nous connais même pas, lâche Ophélie. C'est quoi ton problème et t'es qui au juste ? Bizarrement, Laura nous a jamais parlé de toi.

Je suis partagée entre le bonheur d'être défendue par mes amies et l'angoisse à l'idée de la réaction d'Héloïse. Je ne veux pas qu'elle leur dise ce qui s'est passé… ce que je lui ai fait. Elle reste un instant silencieuse, nous toisant tour à tour sans perdre la face.
Puis, sa riposte claque, cinglante :

— Ah oui ? C'est étrange ça, non ? Je parie que vous ne savez même pas pourquoi elle a été envoyée en pension.

— Et tu vas nous le dire ? Tu nous as donné tellement de bonnes raisons de te croire jusque-là en nous insultant avant de dire bonjour ! Mes oreilles de délinquante sont grandes ouvertes, réplique Ophélie d'un ton sec.

Héloïse semble un peu déstabilisée et répond avec moins d'assurance :

— Vous ne savez pas qui est vraiment Laura…

— Je sais très bien qui est Laura. Toi, par contre, je sais toujours pas qui t'es, mais je commence à avoir ma petite idée et, si je puis me permettre, c'est pas très reluisant, rétorque Ophélie.

Je ne comprends pas comment elle fait pour répondre aussi calmement en sachant parfaitement quoi dire. La tension est palpable et j'ai la gorge nouée. Je m'attends à ce qu'Héloïse leur balance l'accident du tournoi de tir à l'arc. Elle fulmine, les sourcils froncés et la mâchoire crispée. Mais elle se contente de lâcher :

— Je ne vois pas pourquoi je m'obstine à parler à des délinquantes.

Et elle tourne les talons. Mahaut, elle, a toujours les yeux rivés sur Hermès.

— Si tu as des amis qui cherchent une copine, pense à moi. Je m'appelle Mahaut et j'habite pas loin, lui glisse-t-elle.

Puis elle fait volte-face à son tour et s'empresse de rejoindre Héloïse.

Je sens les regards des filles glisser sur moi. Je m'attends à ce qu'on m'assaille de questions mais pas à ce que la première soit :

— Ça va, Laura ?

C'est Sophie qui me l'a posée tandis que les autres me regardent toutes avec inquiétude.

— Ouais... j'ai l'habitude.

J'hésite, puis j'ajoute :

— Merci de lui avoir répondu.

— C'est normal, m'assure Mégane.

Elle est toujours debout, les mains dans les poches et le nez au vent.

— J'aime pas ce genre de filles.

Une pierre me tombe dans l'estomac. Elle parle du genre de filles que j'étais avant l'accident... et que je suis peut-être toujours. Après tout, c'est pour impressionner Héloïse que je force Hermès à jouer les petits copains. Pour qui je me prends ?

Je suis interrompue dans mes pensées par le gargouillis venu tout droit du ventre de Sophie.

— On va chez toi ? Je meurs de faim !

— Oui, j'ai demandé à Marie de nous faire des frites au déjeuner, dis-je d'un ton faussement enjoué.

J'ai vraiment repoussé aussi loin que possible le moment où je les présenterai à ma mère.

— Marie ? demande Sophie.

— Euh… la cuisinière.

Je sens que je vais être jugée.

— Stylé, dit simplement Ophélie.

— Woah ! Ta famille a une cuisinière ! s'extasie Sophie.

— Ça sent la thune, ajoute Mégane.

— Princesse Laura, montrez-nous donc votre château ! dit Nour en s'inclinant.

Comme elles le prennent avec légèreté, je me détends un peu.

— Suivez-moi !

Nous convainquons Hermès qu'il n'a pas besoin de reprendre le volant : on peut marcher un peu. Même si nos valises pèsent lourd, nous préférons les traîner chez moi plutôt que de risquer une nouvelle fois nos vies sur les routes. Plus nous approchons du portail et moins j'ai le cœur à rire et à discuter. Heureusement, Betty, Marilyn et Lauren sont là pour nous faire la fête. Nour est un peu intimidée puis finit par se laisser adopter. Mes chiennes commencent même à se disputer son affection. Est-ce que ça va s'envenimer comme pour Boulgakov et James ? En ce moment, j'en viens à avoir peur de passer du temps avec mes chiennes parce qu'elles se disputent tout le temps. Ce doit être à cause du Titan. Marilyn a même laissé à Betty un souvenir douloureux au niveau du cou. Je la désinfecte tous les matins et ça cicatrise bien, mais cette attitude ne leur ressemble pas.

Peut-être parce que c'est Nour et qu'elle est très apaisante, mes chiennes restent finalement plutôt calmes. Contrairement à moi, car ma mère vient de faire son apparition sur la terrasse de l'étage. Elle est en train de téléphoner… avec le grand chef Jules Gressin vu la teneur de la discussion.

— Non, il est hors de question que tu fasses des sculptures géantes comestibles de Lego hitchcockien… Pourquoi ?… Eh bien, parce que ce serait d'un goût lamentable !… Je me fiche que ce chanteur en ait eu une pour son anniversaire ! Est-ce que je pousse la chansonnette, moi ? Non, je ne suis pas une saltimbanque !

Mes amies, qui jouaient avec les chiennes, lèvent le nez. Ma mère sent leurs regards sur elle. Elle baisse les yeux, lève les sourcils et rentre sans leur adresser un signe. Sophie, qui avait commencé à agiter la main, la baisse.

— Désolée d'insister, mais elle est bien au courant qu'on vient ? demande Ophélie.

— Oui, oui ! Elle est seulement stressée par sa soirée, je précise, nerveuse.

— Mouais.

Une espèce de malaise s'installe entre nous. Nour et Sophie continuent de jouer à « va chercher » avec les chiennes mais le cœur n'y est plus. Hermès est le seul qui ne semble pas comprendre ce qui se passe. Il nous regarde, l'air un peu perdu. Je me sens vraiment mal. Que pensent-elles ?

Mégane ramasse le bâton et s'apprête à le jeter côté véranda mais je l'arrête. Ma mère n'apprécierait pas. Mégane obtempère en soupirant et lance le bâton dans le parc presque rageusement. Il y a un silence clairement pesant.

— Je vous montre la Pool House ? On va s'y installer, ma mère me l'a permis puisque ce n'est plus le mois des Pool Parties.

— C'est trop bon de sa part de nous laisser dormir à la Pool House, ironise Ophélie. Que devrons-nous faire en échange ? Lui lécher les orteils ?

— Arrête, Ophélie ! assène Mégane.

Elle me regarde avec cet air vraiment sérieux qu'elle a parfois. J'ai l'impression qu'elle me voit comme une espèce en voie d'extinction ou un peuple opprimé. Et ce n'est pas agréable d'être observée de cette façon.

— Allons-y, dit-elle.

Je guide mes amies avec leurs grosses valises jusqu'à notre Pool House. Là, elles se montrent un peu plus enthousiastes. Ou alors elles font bien semblant. Elles n'auront pas besoin de passer à la maison car le lieu dispose d'une kitchenette bien remplie et d'une salle de bains. C'est là que mon père va quand il se dispute avec ma mère.

— Je veux le lit près de la fenêtre ! s'écrie aussitôt Sophie.

— *Hey !* C'est pas juste ! riposte Ophélie.

— J'étais la dernière arrivée au dortoir et j'ai eu le lit le plus nul, alors ce n'est que justice.

Si leur joie était feinte au départ, elle ne l'est définitivement plus quand Marie nous apporte les frites promises pour le déjeuner. Il y a de quoi nourrir un régiment ! Et elle se montre amicale avec mes amies, ce qui les détend. J'ai honte : notre cuisinière est bien plus aimable que ma mère… Après, je suppose qu'elle est payée pour… Est-ce qu'on devrait être payé pour être agréable ? Quand je suis avec mes amies, j'ai envie d'être sympa, même si je n'y arrive pas toujours. Je me sens bête d'avoir… un tout petit peu… secrètement espéré que mes parents partagent ce sentiment avec moi.

Le repas terminé, Sophie insiste pour qu'on fasse la vaisselle alors que j'assure que ce n'est pas la peine.

— C'est beaucoup plus amusant chez les autres, les corvées ! Allez !

Elle nous commande comme une armée disciplinée et nous nous mettons au travail. Ophélie se met à chanter *Baby* de DST. Nous reprenons le refrain toutes en chœur et forçons Hermès à faire le solo tout seul. Il monte sur la table avec ses chaussures et je garde mon commentaire pour moi car l'ambiance est trop bonne.

— Je me suis produit dans les plus grands stades et les plus grands théâtres ! J'ai inventé la lyre avec une carapace de tortue ! Apollon ment quand il prétend que c'est lui. Ne croyez pas que DST me fait peur !

— Wooh ! Allez, beau gosse ! s'écrie Ophélie.

Il s'éclaircit la voix et se lance d'une voix suave :

— *My baby, my sweet, my love,*

I'll die if I ever lose you,

Baby.

Je sais que c'est son charme divin… mais je vous assure que pendant un bref instant, j'aurais presque envie qu'il soit vraiment mon petit ami. Je fais un effort monstrueux pour me rappeler que c'est un pigeon vieux de plus de deux mille ans.

Nous l'applaudissons à tout rompre tandis qu'il s'incline théâtralement.

Et là, on frappe à la porte. Et ce n'est pas un gentil « Toc, toc, toc ? », comme le ferait Marie, non, c'est un gros « TOC, TOC, TOC ! OUVRE OU J'ENFONCE LA PORTE » bien agressif.

Je me dévoue et saisis la poignée. Ma mère pousse le battant et surgit dans l'encadrement.

— Non mais, c'est pas possible. Vous faites trop de bruit. Dis à tes amies de baisser d'un ton, Laura, d'accord ? J'ai déjà des migraines avec la fête et tout le reste, ayez pitié de mes nerfs. Et rejoins-moi au salon dans dix minutes. La couturière est arrivée.

Elle se fige en repérant Hermès debout sur la table, mais comme le charme du dieu agit, sa colère se reporte vite sur moi. Elle me fixe d'un air furieux et répète :

— Dix minutes.

Puis elle attrape la poignée et claque la porte derrière elle sans que j'aie le temps de répondre. Piteusement, je me tourne vers mes amies.

— On avait fini la vaisselle de toute façon, hésite Sophie.

— Et puis, il faut qu'on élabore un plan pour enquêter sur le Titan. Je voudrais aller questionner le voisinage, dit Mégane.

Je hoche la tête, un peu raide.

— Commencez sans moi, il vaut mieux que je me dépêche pour la couturière. Ma mère tient à ce que nos tenues soient parfaites pour gagner le concours de déguisements de sa fête. Je vous rejoins après…

— Ça va prendre longtemps ? demande Ophélie. Parce que c'est pas comme si on avait un Titan qui menace de détruire le monde sur les bras mais… si… c'est exactement ce qui se passe.

— Arrête, dit Nour.

— Fais comme tu peux, reprend Mégane. Mais Ophélie n'a pas tort, il vaudrait mieux qu'on reste ensemble et qu'on se lance vite dans nos recherches.

J'acquiesce et pars en quatrième vitesse de la Pool House.

J'ai cru un instant que ce serait un refuge pour nous, mais les murs sont toujours trop fins chez moi.

CHAPITRE 8

MÉGANE MÈNE LE JEU

Une fois Laura partie, pas question de rester abattues. Je lance aussitôt l'élaboration d'un plan d'attaque. Les Magic Olympe doivent maintenant passer à l'action ! Hélas, comme Héra n'est pas revenue des Enfers, nous manquons d'informations. C'est frustrant, j'ai l'impression d'avancer à tâtons. Alors je procède méthodiquement, en tâchant de poser les bonnes questions comme une journaliste en pleine investigation :

— Si on récapitule, nous savons que le Titan agit sur les chiens et sur les humains. Il sème la discorde… Et je ne vois aucune piste pour nous éclairer sur qui ça pourrait être. J'ai fait une recherche en ligne avant de venir : il existe des Titans des océans, des astres, liés au zodiaque… mais aucun Titan de la haine. C'est plus un truc de dieu.

— Tu as raison, Mégane, admet Hermès. Ce sont des déesses infernales qui s'en occupent.

— Vraiment, on se demande parfois si c'est vraiment vous les gentils, dit Ophélie à Hermès.

— J'ai plusieurs questions en tout cas : est-ce que c'est Laura qui est ciblée ou est-ce qu'il y a eu d'autres accidents ? Cronos a agi dans toute la région avant de nous cibler, mais si ce Titan a été en contact avec Cronos, il ou elle sait déjà qui nous sommes.

— Il faudrait demander dans le voisinage s'il y a eu d'autres explosions de rage inexpliquées, soupire Nour. Ce sera difficile. Je déteste parler aux gens que je ne connais pas…

— On n'est pas obligées de parler, je lui rappelle en touchant mon lobe d'oreille, lui indiquant l'emplacement de ses boucles d'oreilles en forme de plume, qui se transforment en casque d'Athéna.

De nous toutes, Nour est celle qui aura le pouvoir le plus efficace : elle peut lire dans les pensées des gens qui sont à proximité d'elle. À côté, faire pousser des plantes comme Sophie, déclencher une marée comme Ophélie ou maîtriser le feu comme moi, c'est tout de suite moins pratique pour l'espionnage.

Elle rougit.

— Je vais devoir me dérouiller, je n'ai pas du tout utilisé mon arme chez moi, vu qu'on est toujours sur la même longueur d'onde avec ma mère.

Nour est la personne que je préfère au monde et, quand elle me rappelle qu'elle est proche de quelqu'un d'autre, je ne peux pas m'empêcher d'être un peu jalouse. Et en même temps, je lui envie aussi cette intimité avec sa mère. Ce n'est pas du tout la même chose chez moi. Après, je m'entends toujours mieux avec elle que Laura avec la sienne manifestement.

— J'avais presque oublié mon pouvoir, avoue Nour.

— Sérieux ? fait Ophélie. Moi, je ne sais pas si je pourrais m'empêcher d'utiliser ton casque… pour les ragots…

— Même si ça se fait pas d'entrer dans la tête des gens, j'aurais du mal à m'en empêcher moi aussi, admet Sophie.

Elle qui nous était tombée dessus quand on s'en est servies avec Nour pour écrire des articles croustillants pour *Le Petit Percalin*, la voilà qui reconnaît qu'elle serait tentée aussi. Mais c'est vrai que Nour est admirable de limiter l'usage de son pouvoir.

— Cronos regagne peu à peu de la puissance sur Terre, mais s'il est descendu libérer d'autres Titans, il s'est affaibli et les Titans libérés n'ont pas recouvré toute leur puissance. Qui que soit le Titan derrière ces événements, il tâte sans doute le terrain et observe, explique Hermès.

— Alors on observe, nous aussi ? On va en ville ? suggère Ophélie en croisant les bras derrière la tête.

— Non, Nice, c'est trop grand. Pour être efficaces, il faut être stratégiques et cibler les endroits où le Titan est entré en action ou pourrait agir à nouveau. Quel est le point commun de tous les événements décrits par Laura ?

Nous prenons un peu de temps pour y réfléchir. C'étaient des événements de snob ? Entre la garden-party et le tennis, ce n'est pas le genre de lieux où je suis invitée. Et pour le coup, ce sera plus difficile d'enquêter au club des… Ruisselettes ? Je ne me souviens plus du nom, ça avait l'air très sélectif. Hermès pourrait redevenir la mère de Laura comme à la gare ? Mais rien ne garantit que nous, pauvres bouseuses, pourrions y entrer. Ce genre de milieu donne vraiment envie de faire la révolution.

— La compétition, propose alors Nour.

Le regard d'Ophélie s'illumine :

— Mais oui ! Ça explique aussi le comportement des chiens : ils se disputaient quelque chose.

— L'affection de Laura ! constate Sophie. Parce que, lorsque nous, on a joué ensemble, il n'y a pas eu de dispute.

— Vous pensez que Laura est ciblée ? je demande, songeuse.

Ça voudrait dire que son arme a été repérée. Et si le Titan sait qui nous sommes grâce à Cronos, ça signifie aussi que c'est elle et son pouvoir qui les intéressent. Je me demande pourquoi… Hermès et Héra nous rappellent parfois qu'elle a l'arme la plus dangereuse, mais j'ai du mal à y croire. Depuis quand l'amour fait plus de mal que le feu ? Je me tourne vers notre pigeon préféré qui, toujours sous forme humaine, paraît encore plus inquiet que moi. Il se triture les lèvres du bout des doigts.

— Notre adversaire n'est pas à sous-estimer, nous avertit-il. Je vous ai toutes observées et Laura est la plus vulnérable d'entre vous quand elle est dans sa famille.

Héra a eu une bonne idée de vous rassembler. Essayez de rester proches d'elle.

— Pas facile si sa mère continue à la monopoliser tout en nous regardant comme si on avait marché dans du caca et laissé des traces partout chez elle, lâche Ophélie.

Je vois Sophie vérifier rapidement sous ses chaussures. Trop mignon.

— Sa mère n'est… pas facile, admet Hermès avec un de ces euphémismes polis dont les adultes ont le secret.

Ophélie éclate de rire.

— Sans blague, Hermès ! Sans blague !

— Je ne sais pas si elle a toujours été comme ça, murmure Nour, mais ça a dû être très dur pour Laura.

Comme d'habitude, Nour me rappelle ce qui compte. Même si j'ai essayé de défendre Laura face aux sarcasmes d'Ophélie sur ses parents, je n'étais focalisée que sur la mission. On doit rester unies pour éviter une situation similaire à celle de Sophie il y a trois semaines. Cronos l'avait capturée pour la tuer et s'emparer de son arme. Nous avons heureusement sauvé Sophie de justesse. Mais si nous étions restées unies, le Titan n'aurait jamais pu l'attirer dans son piège. Là, c'est pareil. Je n'ai pas pensé à me mettre à la place de Laura. Ophélie et

Sophie non plus, manifestement. Elles baissent la tête, un peu honteuses.

— Ouais, maugrée Ophélie. Mais ça va pas être évident de rester proche de quelqu'un qui rapplique comme un toutou dès que maman claque des doigts.

— On va essayer, j'assène. En attendant, voyons les lieux où elle a pu aller ces derniers temps. Aide-nous aussi, Hermès : tu étais avec elle ces derniers jours !

Il sourit avec amusement.

— Une mortelle qui donne des ordres à un dieu. On aura tout vu.

— Où est allée Laura ? je répète sans sourciller.

Dieu ou pas, je ne me laisse impressionner par personne. Il obtempère et nous faisons la liste ensemble. En relisant ses messages sur le chat et en les comparant à la réalité, certaines pistes semblent peu réalistes. Passe encore que sa mère l'emmène faire du shopping et bruncher, mais avec quelles copines ? Les deux pestes de la plage ? De toute façon, nous n'avons pas de localisations assez précises pour aller y enquêter et elle n'a pas mentionné d'incident. Si tant est qu'elle s'y soit effectivement rendue.

Notre seule piste fiable est le club de tennis, alors nous décidons de commencer par là.

Nous attendons Laura avant de partir… longtemps.

Une bonne heure en réalité.

— On devrait peut-être aller voir si elle a fini ? hésite Sophie.

— Qui se dévoue pour affronter sa mère ? Pas moi en tout cas, fait Ophélie.

— Allons-y sans elle, je tranche. Nous avons une mission. Elle comprendra.

Nour me jette un regard incertain mais finit par acquiescer. Le temps presse.

J'aime bien la Pool House, tout en bois avec son intérieur simple et chaleureux. Je la préfère à leur grande maison blanche débordant de vitres brillantes. Nous la quittons cependant pour partir sur la promenade qui va nous conduire au club. On y croise beaucoup de chiens de race. Je n'aime pas trop ça. On ne devrait pas forcer les chiens à se reproduire uniquement pour garder des caractéristiques qui plaisent aux humains. Comme des pattes arrière trop courtes et faibles ou des nez écrasés qui les empêchent de respirer… Les lévriers me font penser à Laura. Longilignes et dignes, avec cet air fragile. Ça me rend un peu triste.

Les autres partagent mes sentiments, l'ambiance est morose. Nour est trop occupée avec son pouvoir pour discuter avec nous, alors nous tâchons de rester silencieuses pour ne pas la perturber. Pour se distraire, Sophie passe les doigts sur toutes les plantes qu'elle rencontre après avoir effleuré son bracelet, ce qui leur donne un coup de peps. Certaines se mettent carrément à bourgeonner, en plein automne. Quant à Ophélie, elle regarde la mer avec application, la main sur son médaillon, et les vagues s'accélèrent. Elles s'entraînent toutes les deux avec leur pouvoir pour ne pas perdre la main. Nous sentons que le danger pourrait survenir à tout instant. Et l'attente est plus que difficile. Surtout que nous n'en connaissons pas la nature.

Le club de tennis est entouré de grillages. Hermès se métamorphose en riche niçoise et joue de son charme habituel pour nous faire entrer.

— Je réfléchis à inscrire mes petites ici, l'an prochain. Douze ans. Oui, elles ont toutes le même âge, je les ai adoptées, précise-t-elle à l'accueil.

Peu convaincue, la dame de l'accueil nous laisse quand même passer. Un entraîneur disponible fait visiter les lieux à Hermès. Nous errons entre les courts. On entend les balles résonner sur les terrains. J'adore le sport, mais le tennis m'angoisse un peu. C'est un truc de riche. Une flopée de garçons un peu plus âgés nous regardent passer d'un air suspicieux. Je me sens soudain très mal habillée. Manifestement, je ne suis pas la seule à vouloir repartir, car Ophélie presse Nour qui se triture les oreilles.

— Tu entends quelque chose d'intéressant ?

Nour lâche ses boucles d'oreilles et lui jette un regard sombre.

— Crois-moi, tu ne veux pas savoir ce que pensent ces garçons.

Évidemment, ça pique l'intérêt de Sophie.

— En bien ou en mal ?

— Comment ça ? C'est négatif de toute évidence, dit Ophélie.

— J'emporterai ce secret dans ma tombe, grommelle Nour. Allons-nous-en.

Bredouilles, nous forçons Hermès à écourter la visite. L'entraîneur a l'air très déçu de le voir partir si vite. De toute évidence, mes troupes se découragent, alors je tâche de partager mon énergie.

— Bon, vous avez une idée pour la suite ? On devrait identifier un point commun entre les différents accidents.

Nous prenons quelques instants pour réfléchir et c'est Sophie, la reine des énigmes, qui lance :

— Les Barré ! Ils étaient là à la garden-party, au tournoi de tennis et au moment du plateau de sandwichs !

La piste nous paraît assez solide et Maps m'indique que la maison des Barré est à dix minutes, je me lance dans un sprint.

— Allez ! La dernière arrivée fera la prochaine vaisselle !

— Ah non, plutôt mourir, grommelle Ophélie. On fait la course à la piscine dès que tu veux, mais sur la terre ferme, très peu pour moi.

— C'est plus rigolo à plusieurs la vaisselle ! renchérit Sophie.

— Tu veux que je te chronomètre ? me lance Nour.

J'abandonne et repars au pas. Mes amies ne sont vraiment pas sportives. Laura, elle, aurait fait la course avec moi. Elle est fan de compétition.

Mais elle n'est pas là.

La maison des Barré est bientôt en vue. Elle est séparée de la rue par une haute grille métallique, une rangée d'arbres aux feuilles rouges et des buissons piquants. On voit à peine le toit émerger de la verdure. La bâtisse semble plus ancienne que celle de la famille de Laura. J'imagine que sa mère doit y trouver une source de jalousie. Nous hésitons sur le mensonge à adopter pour entrer. Nour ne parvient en effet pas à lire les pensées à cette distance, ce qui vous donne une idée de la taille du jardin.

— Je peux de nouveau me transformer, suggère Hermès.

— OK, mais en quoi ? fait Sophie.

— En vendeur d'abonnement France Loisirs ? suggère Ophélie. Ils sont forts, ma mère s'est abonnée quatre fois à cause d'eux. Mais comme elle ne payait jamais un seul bouquin après ça, ils laissaient tomber.

— Et si on partait plutôt de ce que la peste nous a dit à la plage ? soumet Nour. Comme quoi on ne connaît pas vraiment Laura… Ça pourrait marcher, non ? Enfin, peut-être qu'on trahit Laura en écoutant sa pire ennemie…

Comme d'habitude avec Nour, c'est carrément une bonne idée, mais elle n'est pas sûre d'elle.

— On enquête sur des Titans qui menacent de détruire le monde, je proteste. C'est plus important que ces histoires !

— Sans compter qu'on ne croira pas un mot de ce que révélera cette snob sur Laura, ajoute Ophélie.

À l'unanimité, nous décidons donc d'utiliser ce prétexte et filons sonner à la porte. Hermès, lui, reprend sa forme de pigeon. Ce serait bizarre que le « petit ami » de Laura assiste à cette discussion. Une voix grésille aussitôt dans l'interphone :

— Si c'est toi Jules, inutile de revenir ramper parce que ton employeuse est insupportable ! Si tu avais accepté de travailler avec moi pour MA fête d'Halloween, rien de fâcheux ne se serait passé. Je ne ramasse pas les miettes de mon ennemie, alors sois un homme !

Nous ne comprenons rien à ce qu'elle dit et Nour est encore trop loin pour lire dans ses pensées. Ophélie répond de la voix mielleuse qu'elle utilise pour flatter les adultes tout en se payant leur tête. Seuls les plus malins (ou paranoïaques) s'en aperçoivent.

— Bonjour madame, nous ne sommes pas Jules malheureusement, même si je suis sûre que ce serait très agréable de le voir ramper à vos pieds. Nous sommes des amies de...

Comment elle s'appelle déjà ? Laura nous a dit que c'était la fille d'Anne Barré, la rivale de sa mère qui l'a attaquée à coups de meringues. Mais elle n'a pas précisé son prénom et ne s'est pas donné la peine de se présenter à la plage.

— ... votre fille ! se rattrape Ophélie.

— Ah, fait la voix grésillante. HÉLOÏSE ! Tes amies sont là !

— C'est qui ?

Nous entendons un crissement métallique. Je lève le nez, la caméra du portail est sur nous. Héloïse doit être en train de nous observer… Est-ce qu'elle va nous laisser entrer quand même après nous avoir reconnues ?

Il y a un clac sec. L'interphone est raccroché et le portail s'ouvre.

Pendant les essayages, maman me contamine avec sa passion. Il faut dire qu'avec la perruque et la veste plus ajustée, je suis vraiment très… bien ? Elle me dit qu'il faudrait que je mette des lentilles et me voilà presque tentée de réessayer. Pourtant, ça me fait très mal. Quand j'en porte, mes yeux sont tellement asséchés que je ressemble aux rats de laboratoire albinos. J'ôte quand même mes lunettes devant le miroir. J'ai l'impression de ressembler enfin aux actrices hollywoodiennes qui ornent mes murs. Mais je ne me vois plus nettement. Je suis toute floue.

On dirait Marylin dans *Comment épouser un millionnaire* faisant mine de ne pas avoir besoin de lunettes et enchaînant les catastrophes… Elle finit cependant par se trouver un garçon très gentil.

— Tu es vraiment une jolie fille, mais cette myopie, ce n'est pas possible. Dès que tu auras dix-huit ans, zou, un coup de laser, me glisse ma mère, qui a revêtu un peignoir fleuri après ses essayages.

Je hoche la tête.

— Tu peux me commander des lentilles, s'il te plaît ?

Elle sourit.

— On va vraiment tout rafler, tu verras ! Anne sera verte !

Elle m'enlace par-derrière et nos regards se croisent dans le miroir. Sa chaleur me fait du bien. Dans ses yeux, je distingue un éclat brillant, attirant, semblable à cette lumière du couchant que je voulais désespérément posséder. Puis, elle bat de ses longs cils couverts de mascara et le charme est rompu.

— Tu veux m'aider à superviser la décoration du salon ? me demande-t-elle.

Je suis tentée, mais mes amies doivent poireauter dans la Pool House depuis un long moment maintenant.

— Je… je dois y aller. Les filles m'attendent…

— Ah, les pensionnaires que tu as ramenées. J'espère qu'elles apprécient le séjour, lâche ma mère comme si je leur faisais un immense honneur.

— Oui, elles te remercient, dis-je, hésitante.

Elle agite la main, agacée. Sa colère est assourdissante de silence. Je m'en veux. Pour une fois qu'elle me proposait de rester avec elle.

Je retourne à la Pool House, la tête basse et le cœur un peu plus lourd qu'à l'aller…

Et là, il n'y a plus personne.

CHAPITRE 9

LE REVERS DE SOPHIE

LORSQUE NOUS RENTRONS À LA POOL HOUSE, l'ambiance est vraiment lourde. Et le jardin, avec son gazon microscopique, ne contribue pas à me mettre de bonne humeur. L'herbe me crie d'une seule voix : « Sophie, aide-nous à pousser ! » et je suis bien tentée de toucher mon bracelet pour lui rendre sa liberté – et me venger un peu de la mère de Laura qui n'apprécierait certainement pas que son jardin ressemble soudain à une prairie d'herbes folles.

L'appel de la végétation malmenée me distrait au moins de mes idées noires. Je ne sais pas quoi penser des révélations d'Héloïse. Ce ne sont pas des mensonges car Nour a confirmé qu'elle était sincère… Mais elle a vraiment fait quelque chose de terrible.

Avant que nous n'entrions, Mégane se tourne vers nous.

— Cette histoire de tournoi de tir à l'arc, ce n'est pas le plus important, nous dit-elle. Ce qui compte, c'est le Titan.

— Rappelez-vous qu'elle est sa cible et je sens qu'il n'est vraiment pas loin, nous glisse Hermès avant de se percher sur le toit de la Pool House. Restez proches d'elle.

— Facile à dire, maugrée Ophélie.

— Je suis sûre qu'il y a une explication, dit Nour.

Elle n'a pourtant pas l'air si convaincue.

Quand nous ouvrons la porte, nous constatons que nos lits ont été faits. Il y a des oreillers et des édredons moelleux. Nos pyjamas ont été sortis de nos sacs et nous attendent également… avec des affaires de bain toutes neuves. C'est comme à l'hôtel… mais dans une Pool House.

— Bienvenue, nous lance Laura.

Elle est à table où une autre surprise, moins agréable, nous attend. Nos affaires de classe sont là : trousses, stylos, cahiers et livres… de maths.

— Je me disais qu'on pourrait réviser un peu avant le dîner ? Il nous reste une demi-heure. Le temps de faire quelques exercices.

Quelques ? Un serait déjà ambitieux me connaissant. Surtout que mon estomac gargouille. Nous échangeons des regards avec les autres : est-ce qu'on lui parle d'Héloïse maintenant ?

— On est désolées d'être parties sans toi, commence Nour.

— Bah, c'est normal, j'ai pris trop de temps, fait Laura en agitant la main d'une façon qu'elle souhaite détendue, mais qui trahit son agacement.

— Tu ne veux pas savoir ce qu'on a trouvé ? demande Mégane.

— Vous avez repéré des traces d'autres agressions anormales ?

Oui… de la sienne, deux ans plus tôt.

— Pas vraiment.

— Mince, eh bien, dépêchons-nous de travailler alors. On aura du tian ce soir au passage, j'espère que ça vous va.

— C'est quoi ? je demande.

— Une sorte de ratatouille bien rangée, répond Ophélie.

Laura hausse les sourcils, manifestement peu satisfaite de cette définition.

— Bon, vous venez ?

J'hésite, puis m'avance bravement pour subir le supplice des maths. Je sais qu'on a convaincu mes parents que j'allais participer à un genre de « stage de maths intensif » avant la reprise des cours, mais je ne pensais pas que j'allais VRAIMENT le faire ! Même si nous avions une urgence Titan, je me disais que j'allais passer de super vacances avec mes amies. Je nous voyais prendre des bubble tea, jouer à des jeux de société ou faire ces tests de personnalité idiots dans les magazines, et certainement pas faire des maths pour de vrai !

— Je veux bien tenter un exercice, je dis avec un sourire nerveux.

Qu'est-ce que je ne serais pas prête à faire pour sauver le monde et protéger Laura ? Les filles m'imitent et nous faisons bloc face à nos horribles manuels. C'est pire que tout. La Laura que je connais n'aurait jamais pu commettre ce qu'Héloïse a raconté, mais celle qui m'explique les maths en s'impatientant, en soupirant, en claquant la langue et en répétant dix fois une phrase que je n'ai pas comprise comme si c'était évident… celle-là, oui, je peux la voir commettre l'irréparable.

Heureusement, Marie interrompt cette séance de torture avec le dîner. Sa présence détend tout de suite l'atmosphère, car elle lance un :

— Fini les maths, les filles ! Ouste ! Vos cerveaux ont faim et il est trop tard pour travailler !

Laura n'a pas le choix et nous mettons la table plutôt joyeusement. Il s'avère que la « ratatouille bien rangée », c'est très bon. Quand Marie s'éclipse, nous recommençons à parler de notre mission. Laura ne dit rien quand on lui explique qu'elle est sans doute prise pour cible, mais je sens qu'elle est vexée. Et Ophélie en rajoute une couche :

— Hermès a précisé que tu étais la plus vulnérable d'entre nous au sein de ta famille.

— Ah oui ? Et pourquoi ça ? s'irrite Laura.

— Est-ce qu'on a besoin d'expliquer ? assène Ophélie.

— C'est sûrement parce que tu as le pouvoir le plus puissant que tu es ciblée, je lance pour éviter que le ton monte entre mes amies.

Laura hausse les épaules.

— Ça me fait une belle jambe. La plus faible des Magic Olympe avec le pouvoir le plus puissant.

— Ne le prends pas comme ça ! s'écrie Nour d'un ton suppliant.

Hermès, qui s'est perché sur le rebord de la fenêtre ouverte, se met alors à roucouler pour nous alerter. Quelqu'un approche. Nous nous figeons, aux aguets. Ouf, c'est de nouveau Marie et non la mère de Laura. Elle nous aide à laver la vaisselle. Nous ne chantons pas cette fois, mais nous nous autorisons quelques blagues.

Comme j'ai peur que Laura veuille refaire des maths pour se défouler après cette histoire de cible, je me précipite sous la douche la première. Et quand j'en ressors… elle n'est plus là.

— On a voulu la retenir mais madame devait dormir dans sa chambre, pas dans la Pool House avec les indigentes qu'elle accueille par charité, ironise Ophélie.

Je ne sais pas ce que veut dire « indigentes », Ophélie lit beaucoup et utilise parfois des mots un peu snobs comme ça, mais je le devine au contexte. Sa mère nous salue à peine et Laura trouve ça normal. Nous ne sommes pas dignes de loger dans la grande maison, on nous relègue à la Pool House et au lieu de rester avec nous, notre « amie » nous lâche. Je tente de les retenir, mais des larmes me montent aux yeux. Malgré les révélations d'Héloïse, je me suis comportée comme d'habitude avec Laura parce que je veux lui faire confiance. J'ai accepté de passer pour une idiote pendant qu'elle m'expliquait les maths, j'ai même ri avec elle pendant qu'on faisait la vaisselle – mais moins fort pour ne pas déranger sa mère. Et ça n'a servi à rien ! Je me sens tellement mal. Je déteste que ma colère soit toujours un chagrin : je pleure avant de crier. Nour n'a

pas besoin de toucher ses boucles d'oreilles pour voir que ça ne va pas et vient aussitôt auprès de moi. Elle passe un bras autour de mes épaules.

— Elle n'a pas apprécié qu'on ne l'attende pas. Laissons-lui la nuit pour digérer et on lui parlera demain. Hermès est allé monter la garde devant sa chambre.

— Je ne sais pas s'il pourra la retenir, si elle veut lancer une autre attaque « révisions surprises », ricane Ophélie.

Elle a profité de l'absence de Laura pour mettre ses chaussures sur son lit. Une petite vengeance qui doit être savoureuse.

— On fait quoi du coup ?

Nour sourit et sort sa tablette de son sac.

— Demain, c'est Halloween quand même. J'ai préparé une sélection de films rien que pour vous, qui collent au thème, mais qui ne font pas peur : *La Famille Addams*, *Hocus Pocus*, tous les *Monster High*...

Je la serre dans mes bras, c'est trop gentil d'avoir pensé à moi qui ne supporte pas les films d'horreur.

— C'est demain soir la fête snob de sa mère d'ailleurs, on y va ou pas ? demande Ophélie.

— Laura nous a invitées... mais est-ce qu'on l'est vraiment ? hasarde Mégane.

— Mais j'ai amené mon costume de *Magical DoReMi* trop mignon ! je m'écrie, scandalisée.

— Moi, j'avais prévu de me changer en Sadako, dit Nour. Il faudrait que je porte une perruque !

Argh, ce fameux personnage de film d'horreur affreux qui sort de la télé en rampant… Évidemment que Nour va porter ce déguisement-là.

— Vous serez qui, vous ? j'interroge les autres.

— J'ai un serre-tête oreilles de chat noir avec des grelots, répond Ophélie.

— Moi, j'ai apporté le masque du Sans-Visage du *Voyage de Chihiro*, lâche Mégane.

Un masque et des oreilles… ça leur ressemble bien de ne pas se soucier de leur tenue. J'ai quand même hâte qu'on se déguise. Et ça me donne envie de discuter de tout ça avec Laura. Je lui envoie un texto pour l'inclure un peu :

« On a parlé de nos costumes pour demain avec les filles. Hâte de voir le tien ! »

Elle ne répond pas. J'espère que c'est parce qu'elle dort déjà. Bon gré mal gré, sans Laura et sous la menace du Titan, nous passons une bonne soirée, serrées les unes contre les autres devant *La Famille Addams* (qui fait un peu peur quand même… Fétide est affreux !) et un film *Monster High*. Nous nous

endormons devant la tablette de Nour au milieu des snacks.

Le lendemain, je propose qu'on prenne des photos avec nos axolotls en attendant le petit déjeuner. Dommage qu'il manque celui de Laura. D'ailleurs, c'est la seule à ne pas m'en avoir envoyé de photo. Même Ophélie a réussi à en poster une dans la conversation via son ordinateur familial. Ça me rend triste mais je me concentre sur les autres. On empile les axolotls et on les déguise avec des accessoires. C'est dur d'attendre Laura l'estomac vide. On a toujours eu du mal à la réveiller à l'institut mais ici, c'est encore pire. Je lui envoie une dizaine de textos de plus en plus intenses :

« Laura debouuut !! »

« J'ai FAIIIIIM !! »

« Je vais manger la Pool House si ça continue !!!! »

Heureusement, Marie et Laura finissent par arriver avec notre repas. L'odeur des croissants, pains au chocolat et tartines me calme un peu et je me jette dessus comme la misère sur le monde. C'est vraiment comme à l'hôtel. Mais à l'hôtel de la charité pour les pouilleux. On ne se sent les bienvenues nulle part sauf dans cette petite maison de piscine grâce à Marie. Et Laura empire encore la situation en nous sortant son livre de maths.

— Et si on travaillait ce matin ?

Il y a un blanc.

— Mais… Et notre mission ? demande Mégane en vérifiant que Marie est bien partie.

— Ça peut attendre, non ? lui répond Laura d'un ton qu'elle veut dégagé mais qui sonne tendu.

— Laura, dois-je te rappeler qu'on a un Titan sur les bras ? dit Ophélie. C'est plus important que les maths, non ?

— Il ne s'est pas manifesté depuis des jours. Et ce soir, il y a la fête. Je pense qu'on peut lever le pied pour une soirée.

— Et s'il y a un autre accident de meringues ? je lance.

— Alors nous serons là pour maîtriser la situation, réplique Laura. En attendant, tu as bien besoin de travailler, Sophie. On n'a même pas terminé notre exercice hier. Et c'était niveau facile.

J'explose.

— Non !

— Non ? fait Laura d'une voix froide.

— Non ! Je ne veux pas ! Tu es horrible quand on fait des maths ! Tu me traites comme une idiote ! je m'écrie.

— C'est vrai que ta pédagogie est à revoir, commente Ophélie qui en rajoute une couche.

— Les filles…, lance Nour, hésitante.

— Vous ne voulez pas travailler ? articule Laura.

— Non ! je m'écrie encore.

— Qu'est-ce que tu vas faire, Laura ? demande Ophélie. Pointer une flèche vers nous comme tu l'as fait avec Héloïse ?

C'était perfide. Nous en avons le souffle coupé. Mais Ophélie a eu le mérite de crever l'abcès. Laura se décompose. Elle pâlit, rougit, puis son regard devient noir et dur.

— Vous êtes allées la voir ! s'écrie-t-elle.

— C'était pour enquêter, assène Mégane. Parce qu'on a encore le sens des priorités ici. On a un Titan à arrêter.

— Oui, je renchéris. On a toutes quitté nos familles et nos amis pour venir ici se faire traiter comme des pestiférées !

Laura se tait, l'air est glacial. Elle nous fixe tour à tour comme si elle allait nous tuer. Comme si elle allait vraiment pointer ses flèches vers nous... Je l'imagine mettant la main à sa broche et nous forçant à l'aimer. Elle ne le fait pas.

— Laura, est-ce que tu veux bien nous expliquer ? demande Nour d'un ton suppliant.

Laura ne répond pas, ramasse son livre de maths et quitte la pièce.

Elle ne claque même pas la porte. Probablement parce que ça gênerait sa mère.

Rien ne se passe jamais comme prévu avec ces filles-là, mais je ne pensais pas que ça irait aussi loin.

Ma colère n'arrive pas à redescendre. Tout bouillonne en moi. Comment peuvent-elles se montrer aussi ingrates ? Et aussi méchantes ? Et pourquoi croient-elles Héloïse plutôt que moi ? Je croyais qu'on était amies. C'était vraiment stupide de penser ça, je suis toute seule. Toujours. Je cherche un coin calme dans le jardin pour m'apaiser. J'ai chaud et je respire fort, comme si un feu féroce consumait mes entrailles. Marilyn, Lauren et Betty me repèrent et accourent vers moi. J'essaie de les repousser. Je ne suis d'humeur à endurer personne, pas même mes chiennes. Mais elles insistent, repoussent mes mains avec leurs grosses têtes, renversent mon livre. Puis, elles se mettent à grogner. Pas contre moi, mais entre elles. Je recule, alors qu'elles continuent à me coller et s'agressent les unes les autres. Elles me bousculent et, là, je bascule. Au-dessus de moi, elles continuent à s'attaquer. Je commence à avoir très peur. Je me mets à pleurer sans faire de bruit, sans pouvoir m'arrêter. Je me sens tellement bête, tellement seule. Je voudrais toucher ma broche, mais une part de moi s'y refuse. Ça ne devrait pas se passer comme ça. Mes chiennes ne devraient pas agir ainsi et je ne devrais pas être obligée de leur insuffler un amour artificiel pour qu'elles arrêtent de me faire du mal.

Sauf que je n'ai plus le choix. Je me dégage des pattes de Betty et parviens à toucher ma broche. Je leur envoie une salve d'Agapé. Les chiennes doivent bien le connaître, cet amour universel. Mais elles l'ont perdu de vue. Est-ce à cause du Titan ? Elles se figent, l'air perplexe. Leurs queues battent l'air avec hésitation. Je me relève et cours aussi vite que je peux vers la maison. Je n'ai qu'une idée, me cacher dans ma chambre et ne plus jamais en ressortir, mais alors que je traverse un couloir, ma mère m'interpelle :

— Laura ! C'est toi ?

Je m'arrête et reviens vers elle. Mes vêtements sont couverts de taches d'herbe et de boue. Elle ne va pas aimer ça.

Contre toute attente, pourtant, elle me regarde d'un air inquiet. Ça me rend si heureuse que je ne prête pas attention à la façon dont ses yeux brillent. Ils n'ont jamais eu un tel éclat.

— Oh, ma pauvre chérie, qu'est-ce qui t'est arrivé ?

Je ne veux pas lui dire que ce sont mes chiennes qui m'ont fait ça. J'ai peur de ce qui pourrait leur arriver. Alors je mens :

— J'ai glissé en courant dans le jardin avec les filles. J'allais me changer.

— Ah là là… encore ces filles.

Elle le dit en fronçant le nez.

— Je voudrais que tu m'aides pour la fête. Tes amies trouveront bien de quoi s'occuper. Elles n'auront qu'à profiter de la piscine puisque nous n'en avons pas besoin.

Je hoche la tête sans hésitation. Cette situation m'arrange tout à fait.

— Bien sûr.

Ma mère s'approche de moi et me serre contre elle en me caressant gentiment les cheveux. Ça ne lui ressemble pas mais j'en ai tellement besoin que je n'y prête pas attention.

— On va y arriver, ma belle. On va le gagner, ce concours ! Et la fête sera un vrai succès.

Et là, je sens s'éveiller en moi la même avidité que face à l'éclat au cœur du crépuscule. La même avidité, en réalité, que j'avais enfouie en moi depuis l'accident du tournoi de tir à l'arc. J'ai besoin de gagner. Ce n'est pas possible autrement. Je dois réussir.

Et tous les coups sont permis.

CHAPITRE 10

L'AMORTI DE NOUR

Je sais que les filles regrettent ce qui vient de se passer dès que la porte se ferme. Moi, quand il y a une telle tension, j'ai tendance à me figer. Je ne suis plus bonne à rien. J'hésite à courir après Laura. Je suis même tentée d'utiliser mes pouvoirs pour savoir ce qu'elle traverse. Pourtant, c'est un cas de force majeure, non ? Ça ne se fait pas de regarder dans la tête des copines mais là, elle est sous la menace directe d'un Titan.

Les souvenirs perçus en utilisant le casque d'Athéna me reviennent en bloc. Elle nous a raconté combien elle était heureuse de l'emporter sur son amie, pour une fois. À quel point elle a eu peur quand Laura, dans sa hargne, est sortie du pas de tir et a pointé son arme vers elle. Elle a vu la mort arriver. Son cerveau a disjoncté. J'ai aperçu le visage de Laura à travers ses yeux. Tremblante, la mâchoire crispée. Dans le brouhaha d'une assemblée paniquée, elle a relâché la tension de sa corde et baissé son arc avant d'être immobilisée par un arbitre. Héloïse a vraiment cru qu'elle allait lui tirer dessus. Est-ce que Laura allait le faire ? Je ne crois pas. Mais je comprends qu'Héloïse ne lui pardonne pas. J'ai du mal à concilier l'amie que je connais, celle qui a certaines rigidités, oui, mais qui pense toujours aux autres, avec cette fille obsédée à l'idée de gagner au point de vouloir blesser les autres.

Je ne sais pas quoi faire.

Hermès, qui n'est jamais loin, vient se poser sur la table dans un bruissement d'ailes.

— Je vais la surveiller. Laissons-la digérer ce qui s'est passé pour le moment.

— Il faut qu'elle consulte pour son transit,

bougonne Ophélie. Elle a toujours quelque chose à digérer, celle-là.

— Mais qu'est-ce qu'on fait en attendant ? s'écrie Mégane, les poings serrés.

— On poireaute dans la Pool House ? ronchonne Ophélie.

Je sors ma tablette.

— J'ai d'autres films, si vous voulez…

Hermès reprend alors son apparence de beau garçon dans un tourbillon d'or :

— Je vais aller la voir. De toute façon, Innès doit faire ses derniers essayages.

— Tu seras déguisé en quoi ? demande Sophie.

— Norman Bates du film *Psychose*…

— Encore un film que je ne regarderai jamais car il fait trop peur, dit Sophie.

— C'est un tueur, j'explique. Mais ton costume, c'est juste un pull et un pantalon, Hermès ? Tu exagères.

Ce sera beaucoup moins confortable pour moi en Sadako… si je porte bel et bien ce costume car je ne suis pas sûre que nous soyons les bienvenues à la fête.

— Si seulement je pouvais y aller déguisé en dieu grec. Il me suffirait de prendre mon apparence ordinaire. Vraiment, je ne comprends pas pourquoi les hommes ne peuvent plus porter de jupes…

— Tu sais quoi, Hermès ? Je me pose cette question tous les jours, dit Ophélie.

Ce n'est pas si drôle, mais son ton est irrésistible. Nous éclatons toutes de rire et nous en avions bien besoin. Hermès en profite pour filer, nous promettant de venir nous chercher au moindre problème.

La journée qui suit se déroule parfaitement en théorie. J'adore les marathons de films, j'adore Halloween, j'adore mes amies. Mais je suis tendue. Nous n'osons pas aller vers Laura à cause de sa mère et, en même temps, nous n'osons plus nous éloigner pour enquêter. Et la menace du Titan, elle, plane toujours.

Vers dix-huit heures, on frappe enfin à la porte. Les battements de mon cœur s'accélèrent. Est-ce que c'est Laura ?

Dans un pantalon gris, un pull à col roulé noir avec un petit col blanc qui dépasse, les cheveux lissés avec une raie sur le côté… et la peau intégralement peinte en gris, Hermès fait son apparition. On le croirait sorti d'un vieux film. Et il est vraiment… vraiment, vraiment, vraiment très beau.

— C'est encore pire que ce que je craignais… Non seulement mes vêtements me grattent… mais toute ma peau aussi ! Comment faites-vous pour endurer ça, vous, les mortels ?

— C'est-à-dire qu'on ne maquille pas chaque millimètre visible de notre peau tous les jours, nous, commente Ophélie.

— Woah ! Ton maquillage est incroyable ! s'écrie Sophie.

— J'avoue, c'est la classe, renchérit Mégane.

Il soupire, les épaules basses, l'air abattu.

— J'ai l'impression d'être un pot de fleurs.

— Un très joli pot de fleurs, précise Sophie en lui tapotant l'épaule.

— Enfin bref, vous êtes officiellement invitées à la fête ! La mère de Laura a hésité à vous demander de vous cacher dans la Pool House pendant toute la durée de l'événement. Mais avec Laura, on a réussi à la convaincre qu'elle gagnerait à se montrer généreuse avec les camarades de classe de sa fille.

— « Camarades de classe » ? Génial, on a été reléguées dans une ligue de seconde zone, grommelle Mégane.

— Destituées du statut d'amies, ajoute Ophélie.

— Au moins, Laura veut qu'on participe à la fête, dit Sophie d'un air désabusé.

J'avoue que ça m'aurait arrangée de rester cachée. Parce que maintenant que j'ai vu Hermès en tenue, je suis sûre que nos costumes auront l'air cheap à côté de ceux des invités.

Nous demandons à Hermès de nous attendre pendant que nous nous changeons. Et là, en enfilant ma longue perruque noire et lisse, je me sens soudain l'âme de l'héroïne vengeresse d'un film d'horreur. Si on tentait de gagner ce concours de costumes auquel la mère de Laura tient tant ? Si on la battait ? L'horreur, ça me connaît. S'il y a bien un domaine où je peux exceller, c'est celui-là ! Je vais nous transformer en terribles monstres… Enfin, sauf Sophie. Avec sa tenue de sorcière rose bonbon et sa petite note de musique à paillettes sur la poitrine. C'est beaucoup trop mignon pour Halloween. Bon, et les autres ? Ophélie a juste ses oreilles de chat, Mégane son masque avec un sweater noir à capuche… Hors de question qu'elles

se contentent de costumes si simples ! Je ne vais pas les laisser faire.

Je me plante devant elles et déclare :

— On va le gagner, ce concours.

— Hein ? fait Mégane en ôtant son masque.

— On va gagner ce concours, je répète distinctement. Allez, tout le monde vide sa valise : ça va être *monstrueux* !

Sophie pousse un cri de joie :

— Relooking !

Une… bonne heure plus tard (ça aurait pu être pire !), nous sortons de la Pool House métamorphosées. J'ai fait deux tresses à Ophélie, utilisé sa chemise et mon jupon blancs ainsi qu'un des rubans rouges de Sophie

pour lui bricoler un semblant de robe d'Annabelle, la poupée maléfique. Mégane, elle, porte ma longue jupe noire sous ma cape et, pour lui donner aussi l'allure d'un personnage de vieux film, nous avons envoyé Hermès piquer du maquillage gris et blanc. Dorénavant, elle est la fille de Dracula. Même Sophie a décidé de s'assortir à nous et de réserver sa tenue rose de DoReMi pour le carnaval. Elle a couvert une robe blanche de paillettes rouges (c'est qu'elle possède un assortiment de paillettes absolument redoutable pour le scrapbooking) et a aussi couvert son visage de sang rouge pailleté, tout en plaquant le haut de ses cheveux qu'elle a lâchés. C'est Carrie au bal du diable quand elle vient de recevoir une bassine de sang et qu'elle s'apprête littéralement à y mettre le feu.

Hermès nous fixe, éberlué.

— Ça, c'est de la vraie magie !

— Merci ! Ça nous touche venant d'un dieu, lui lance Ophélie.

Elle a tellement de répondant... Moi, je suis très heureuse qu'il ne voie pas mon visage sous ma perruque : je suis écarlate. Il nous laisse car il doit retrouver Laura et sa mère qui finissent de se préparer.

Nous prenons quelques selfies, avant d'enfin entrer en scène.

Je suis contente de nos costumes, mais c'est autre chose de se montrer devant tout le monde. Je me cache derrière Mégane alors que nous nous avançons vers le cœur de la fête. Pendant que nous regardions des films dans la Pool House, la maison a été entièrement décorée. Des citrouilles grimaçantes illuminées de l'intérieur par des bougies bordent la piscine. Elles brillent dans la nuit. Leurs lumières se reflètent dans l'eau, c'est très joli. Des invités flânent, un verre dans une main, une cigarette dans l'autre. Nous arrivons dans la véranda où plane une fumée mystérieuse diffusée par deux machines cachées dans les recoins. Des silhouettes de sorcières, de chats, de chauves-souris et de citrouilles sont projetées dans la brume et sur les murs. Dans le salon, des squelettes semblent danser. Un orchestre de… squelettes, lui aussi, joue du jazz. Le buffet est décoré de citrouilles et les plats semblent coordonnés en noir, blanc et orange. C'est autre chose que les guirlandes en papier crépon de notre internat !

Je guette Laura. J'ai l'impression de ne pas l'avoir vue depuis une éternité alors que notre dispute date de ce matin. Comment va-t-elle ? A-t-elle vu d'autres démonstrations du pouvoir du Titan ? Nous expliquera-t-elle un jour ce qui s'est passé avec Héloïse ?

Mais aucune trace d'elle. Seuls les regards des invités suivent notre arrivée. Nous nous faisons remarquer. Personne ne danse. La plupart sont juste bien habillés, avec un masque.

— Tu vois, j'aurais été dans le ton, me glisse Ophélie, les dents serrées.

J'ai envie de disparaître... Que pensent ces gens? J'avance mes mains vers mes boucles d'oreilles, perdues sous les longs cheveux de ma perruque. Mégane me saisit le poignet.

— Hé, tu te fiches de l'avis de ces snobs, assène-t-elle.

C'est tout sauf vrai. Depuis que je suis ici, j'ai l'impression de tout faire de travers. Et puis, ce sont les invités qui détermineront les meilleurs costumes. Je suis sûre que nous sommes ridicules: personne ne votera pour nous...

C'est alors qu'une vieille dame en robe citrouille nous aborde:

— Vous êtes *terribles*! lance-t-elle avec un accent anglais. Je suis fan! Surtout pour *La Fille de Dracula,* je pensais que votre génération aurait complètement oublié ce film.

Je rougis encore sous ma perruque. J'adore *La Fille de Dracula*.

— Merci beaucoup.

— Votre costume aussi est super, dit Sophie.

— C'est bien vrai. Mais je voterai pour vous au concours. Je me présente, je m'appelle Sharona.

Ah ! Sharona, c'est la voisine de Laura dont le chien a été soumis au pouvoir du mystérieux Titan. Nous nous présentons à notre tour lorsqu'une autre dame âgée la rejoint : ce doit être Svetlana. Elle est déguisée en cygne noir, comme dans le ballet, et se tient très droite.

C'est notre occasion pour enfin en savoir un peu plus !

— Est-ce que… est-ce que ça se passe bien entre Laura et sa famille… et ses amies ici ? je demande, hésitante.

Svetlana et Sharona échangent un regard piteux.

— La pauvre petite, ce n'est pas étonnant qu'elle ait craqué au tir à l'arc. J'ai l'impression que ses parents ne font pas beaucoup attention à elle et qu'elle se met beaucoup la pression.

— Elle est tellement seule, ajoute Svetlana. C'est bien qu'elle ait un charmant petit ami… et des amies.

« Amies » ! Manifestement, tout le monde ne nous a pas rétrogradées au rang de camarades de classe.

— Qui plus est, nous savons qu'elle aime vraiment les chiens, nous explique Svetlana. Elle ne l'a vraiment pas fait exprès pour le chocolat…

— Elle aime vraiment les chiens ? s'étonne Ophélie. Elle n'a pas peur qu'ils la salissent ?

— Oh, pas du tout ! C'est toujours elle qui sort les trois chiennes, répond Sharona. Son père pense qu'un jardin suffit. Mais un chien a besoin de sortir pour découvrir de nouvelles odeurs. Quand elle n'est pas là, les chiennes vont moins bien…

— C'est vrai ? fait Sophie.

Elle a les yeux qui brillent. Quand elle est émue, les larmes lui viennent vite, c'est trop mignon. Je dois admettre que ces révélations sur Laura m'émeuvent aussi. Elle parle très peu d'elle. Nous ignorons son côté sombre, comme ce tournoi de tir à l'arc… mais aussi le bon. Avant que les deux voisines aient pu répondre, elles sont interpellées par une autre invitée déguisée en cheval. C'est ça qui m'agace dans les fêtes, les discussions sont toujours interrompues. Je touche néanmoins ma boucle d'oreille pour fouiller dans les pensées de Svetlana et de Sharona. L'anecdote est bien vraie : je vois Laura, habillée comme un sac, sortir ses chiennes autant que possible. Et je la vois aussi, plus petite, qui se dispute avec son père pour leurs oreilles.

— Elle ne nous raconte vraiment rien, je remarque.

— Vous parlez de Laura ? demande Héloïse qui n'était pas loin.

Elle porte une énorme robe dorée avec une tête d'âne sur la tête. Ça a le mérite d'être original. La peau peinte en bleu et habillé d'un costume bleu du Moyen Âge, un garçon plus âgé l'accompagne. Hermès n'a pas à se plaindre. Au moins, il n'a pas eu à mettre de collants comme lui.

— Ouais, réplique Ophélie.

— C'est pas mal, vos tenues. Ça a son charme, le DIY.

Toujours aussi perfide.

— Et toi, tu t'es déguisée en l'âne Trotro ? demande Sophie avec candeur.

Héloïse fronce les sourcils.

— Bien sûr que non ! Je suis Peau d'Âne, dans sa robe couleur de soleil ! Et ma mère est en fée des lilas, siffle-t-elle en désignant une dame en robe violette, baguette magique à la main. Elle veut absolument gagner contre Catherine.

Catherine, la mère de Laura, c'est noté.

— Et toi, tu es en schtroumpf ? demande Ophélie au garçon.

— Non, Bébel est en costume de serviteur, dit Héloïse froidement.

— C'est l'histoire de ma vie, ajoute-t-il avec un soupir.

Il me fixe de ses yeux bleus perçants et je le trouve, malgré son maquillage bleu, presque aussi beau qu'Hermès.

— Tu danses, Sadako ?

Il a reconnu mon déguisement. Je suis tellement rouge que ça doit se voir à travers ma perruque qui tombe sur mon visage. Il est beaucoup plus âgé ! Les filles me fixent.

— Euh… mais il n'y a personne sur la piste.

— Il faut bien que quelqu'un se dévoue, souligne-t-il en me tendant la main.

Mégane me pousse dans le dos, l'air de rien, et je la prends, un peu hésitante. L'orchestre joue un air un peu plus remuant et je laisse Bébel me guider. Sa main effleure le bas de mon dos mais son contact n'est pas trop insistant. Ça me donne des frissons. Quel drôle de prénom. Il semble connaître les pas, en tout cas. Ils doivent apprendre à danser dans son milieu. Moi, je me sens toute pataude. Je n'ai jamais eu le rythme dans la peau et je déteste attirer l'attention…

— Pardon, je n'ai pas l'habitude, je lui glisse.

— C'est pas grave. Laisse-moi te guider, ça va aller.

Il me rassure quand j'hésite en me lançant des sourires bienveillants, et quand je pars dans la mauvaise direction, il resserre doucement sa prise sur ma main. Je ne savais pas que les garçons pouvaient faire autant attention. Nous sommes rapidement rejoints par d'autres danseurs. Mais je vois mal avec tous mes cheveux devant les yeux et je passe mon temps à les heurter. Et quand Bébel me fait tourner, c'est la dégringolade. Je m'écrase pathétiquement par terre… mon gentil cavalier m'a lâchée ! Que se passe-t-il ? Je tente de me relever, avec mes cheveux qui traînent sur le sol – je dois vraiment ressembler à Sadako. Et là, je lève les yeux.

Devant moi se tient Laura, métamorphosée dans son costume vert pâle sur lequel sont fixées des tiges avec de faux oiseaux qui semblent l'attaquer. J'ai l'impression d'être Héloïse lors du fameux tournoi. Elle plante son regard dans le mien avec une telle rage qu'elle n'a pas besoin d'arc ou de flèches pour me faire peur.

Ma mère met le coup final à ma tenue avec une dernière dose de laque dans mes cheveux. Nous sommes superbes. Je suis maquillée et coiffée comme une célébrité et mes lentilles ont beau me piquer les yeux, ça vaut le coup. Je me vois enfin.

Ma mère est plus affectueuse depuis ce matin. Elle me serre contre elle, me caresse la joue. Me regarde avec… presque de l'avidité ? Elle a voulu me coiffer elle-même. Je me laisse aller et me délecte de ces attentions dont j'ai si peu l'habitude. C'est tellement agréable.

— Tu es prête, Laura ? me demande-t-elle.

— Oui !

— Nous allons vaincre tout le monde, susurre-t-elle. Nous méritons le meilleur.

Ses paroles coulent en moi et y répandent une agréable chaleur. Elle me prend la main et nous descendons l'escalier. Hermès nous attend en bas, très élégant dans son costume… même s'il s'est gratté la joue et y a laissé une trace couleur chair. À son grand désespoir, ma mère effectue une retouche dès qu'elle la remarque.

Nous nous préparons ensuite à entrer dans le salon. Il est superbe avec ses projections, son buffet et ses invités raffinés… et en un instant, tout se brise.

Nour… sous cette perruque, ça ne peut être qu'elle ! Elle est en train de danser avec Bébel dans son costume bleu. Comment a-t-elle pu me faire ça ? Elle m'a trahie sur toute la ligne ! Après avoir sympathisé avec Héloïse à peine débarquée, voilà qu'elle me vole Bébel. Bébel que je n'ai jamais réussi à aborder, Bébel qui m'ignore, Bébel si beau, même peint en bleu. C'en est trop, je refuse de me laisser faire, cette fois-ci. Je touche ma broche et fixe Bébel en lui insufflant tout l'Éros que je peux. Il fronce les sourcils, puis ses yeux s'écarquillent et il les tourne vers moi avec adoration. Il se rapproche, enjambant Nour toujours à terre. Je prends la main qu'il me tend. Alors que nous dansons, je ne fais pas un faux pas, mais je n'ai pas exactement la posture qu'il faut. Tant pis. Je veux être admirée. Je mérite d'être admirée, comme l'a dit ma mère. Je porte la main à ma broche et décoche à qui croise mon regard des flèches d'amour pour moi.

Moi aussi, on va m'adorer.

Bébel me fait tourner dans ses bras et je croise le regard de ma mère. Elle me sourit avec l'air immensément satisfait. Je sais que je n'ai pas besoin de la cibler.

CHAPITRE 11

Balle de match pour Ophélie

C'est indéniable, Laura a craqué. Et même craqué sévèrement. Elle est en train d'utiliser son pouvoir sur absolument tout le monde dans la salle. C'est toujours les plus sages et raisonnables qui ont les pires craquages. Et Laura est EXTRÊMEMENT sage et raisonnable. Je la fixe avec horreur. Elle nous ignore complètement et force tout le monde à l'aimer en touchant sa broche. Même Héloïse et sa mère sont bouche bée. Ce qui est tout sauf naturel.

— Qu'est-ce qu'on fait ? glapit Sophie.

— Il faut qu'on la prenne à part et qu'on lui parle, réplique Nour que Mégane a aidée à se relever avant qu'elle ne se fasse piétiner par d'autres danseurs.

— Tu crois vraiment qu'elle nous écoutera plus que les autres fois ? je ne peux m'empêcher de m'écrier.

La situation est en train de dégénérer. Laura s'est assise sur un trône de velours violet : tout le monde l'entoure et veut lui offrir des choses. J'avoue qu'en théorie, c'est aussi mon rêve. Mais dans la pratique, c'est carrément angoissant. À ses côtés, sa mère semble trouver ça tout à fait normal. Ses admirateurs commencent à se disputer son affection, se bousculent et marchent les uns sur les autres. L'orchestre, lui aussi sous le charme, joue avec une fièvre angoissante. Glauque.

Se frayant un chemin parmi eux, Hermès nous rejoint. Il transpire et son pull est maculé de maquillage gris. On dirait qu'il est couvert de cendres ou qu'un démon lui a pété au nez.

— Laura a cédé à la tentation et abuse de son pouvoir…

— On avait remarqué ! je lui lance, excédée.

Mon regard croise celui de la mère de Laura. Oh, comme je la déteste ! C'est à cause d'elle que sa fille est aussi vulnérable et un Titan en a profité pour…

Attendez une minute ! Qu'est-ce que c'est que cet éclat doré dans ses yeux ? Je me fige le temps de réaliser ce qui se passe.

— C'est la mère de Laura.

Les filles me fixent, éberluées.

— Mais oui ! s'écrie Hermès. Je savais bien que je me suis senti bizarre quand elle m'a remaquillé tout à l'heure. Mais je pensais juste que c'était parce que cette femme était extrêmement désagréable.

Je dois dire que je comprends sa confusion.

— Le Titan a possédé la mère de Laura ? Comme dans *L'Exorciste* ? demande Nour.

— Non, lance Hermès, les Titans n'en sont pas capables. En revanche, ils peuvent parfaitement prendre l'apparence de quelqu'un d'autre, comme moi.

— Alors la vraie mère de Laura doit bien être quelque part ! je m'exclame. Et elle est sans doute en danger. Il faut qu'on la trouve : si Laura comprend que le Titan n'est pas sa vraie mère, peut-être qu'elle reviendra à la raison !

— Espérons qu'elle est toujours en vie, grimace Hermès.

Il ne pourrait pas être un peu plus positif, ce pigeon ? Je sais qu'on ne doit pas blâmer le messager quand le message est mauvais, mais Hermès gagnerait tout de même à se montrer plus rassurant.

Nous quittons le salon précipitamment. Heureusement, Laura est trop occupée à gérer ses admirateurs pour nous remarquer. Dans le hall, nous décidons de nous séparer. Nour et Mégane fouillent le rez-de-chaussée, Sophie et moi montons à l'étage. Hermès, lui, reste pour surveiller le salon. À chaque marche, je manque de me prendre les pieds dans ma jupe. Finalement, je comprends mieux pourquoi tout le monde est passé au pantalon : comment ils faisaient, pendant la Grèce antique, pour courir après qui que ce soit en jupe ?

Hermès nous crie d'en bas :

— Il est grand temps de se mettre à l'aise !

Et pouf ! Le voilà redevenu pigeon. Son déguisement retombe tristement par terre. Sophie et moi échangeons un regard et hurlons d'une même voix :

— *Megas !*

Une lumière étincelante nous enveloppe et nous retrouvons nos atours d'héroïnes grecques : tuniques plissées, lauriers dorés, cape verte pour Sophie, violette pour moi et, surtout… nos armes ! Sophie brandit sa faucille et moi mon croissant de lune. Je me sens tout de suite plus forte : sous cette forme, nos pouvoirs deviennent bien plus puissants.

Arrivées à l'étage, nous nous répartissons les pièces et les fouillons une à une, sans nous soucier du désordre que nous laissons derrière nous. Il n'y a personne ici. Les employés ne doivent pas y avoir accès, nous avons donc le champ libre. Quelle grande maison, quand même… et pour qui ? Trois personnes, deux la plupart du temps. Je pense à notre petite maison de guingois et ça me met hors de moi. Il y en a qui exagèrent !

En sortant la tête d'un placard, je jette un œil vers l'endroit où se trouve Sophie et je vois de longues lianes traverser le couloir. Apparemment, ses amies végétales sont venues l'aider !

Elle pousse alors un cri :

— Ophé ! Je l'ai trouvée !

Je me précipite vers la pièce d'où partent les lianes. C'est un immense dressing où s'accumule un nombre incalculable de sacs à main, chaussures, robes, vestes et autres accessoires griffés. Il y a même un balcon. Ce dressing a un BALCON ! Moi, je n'ai pas de balcon ! Et pourtant je suis sûre d'avoir plus besoin de prendre l'air que ces articles de créateurs. Sophie invite ses plantes à soulever une femme inconsciente. La mère de Laura dans un pyjama en soie avec un masque en satin sur les yeux.

— Elle dort comme un sonneur, commente Sophie. Le Titan l'a endormie.

— Tant qu'elle est vivante, ça me va. Tu peux t'arranger pour que tes lianes la maintiennent solidement pour la transporter ?

— Bien sûr, mais j'avais peur de lui laisser des traces. On ne sait jamais qui est allergique au lierre grimpant.

— Tu as fait pousser du lierre ?

— Oui… il couvre toute la façade nord, maintenant. J'espère qu'ils ne m'en voudront pas…

— Personne ne fera le lien, je la rassure.

Et ça leur fera les pieds, à ces bourgeois !

Nous redescendons en courant, suivies de la mère de Laura entortillée dans un sarcophage de plantes. Nous retrouvons Mégane et Nour devant le salon.

— Ah, vous l'avez trouvée !

— Il faut qu'on se dépêche, s'écrie Mégane. Il n'y a plus personne !

On a l'impression qu'un cataclysme s'est abattu sur le salon beige. Il y a des taches sur les murs, une des tables du buffet s'est effondrée et les instruments des musiciens squelettes ont été piétinés… De quoi rendre folle la vraie mère de Laura. Mais aucune trace des invités. Quand le Titan a décidé qu'il était l'heure de prendre la poudre d'escampette, tout le monde a dû leur emboîter le pas pour gagner les faveurs de Laura.

Nous repassons par la véranda et, devant la piscine, nous retrouvons Laura. Elle est debout sur une estrade et reçoit son trophée pour le meilleur déguisement. Une citrouille d'or que lui donne sa « mère ». Cette citrouille brille d'un éclat étonnant. Et les yeux du Titan aussi. Ses pupilles ressemblent à deux flammes incandescentes. La foule en liesse crie le nom de Laura. On se croirait à un concert, il ne manque que les « popolopopopo ». Laura est ravie, elle exulte. On dirait que c'est ce qu'elle a toujours souhaité. Son joli visage rayonne dans la lumière des citrouilles. Le Titan lui glisse un mot à l'oreille. Elle semble troublée mais acquiesce et elles s'éloignent, escortées par le monde. Nous remarquons alors une silhouette qui flotte dans l'eau de la piscine. Un tout petit oiseau, les ailes écartées.

— Hermès ! s'écrie Nour.

Je lance mon croissant de lune comme un boomerang pour le ramener vers nous grâce à l'eau du bassin. Une vague porte doucement sa petite silhouette et s'échoue à nos pieds. Une fois au sec, le pigeon reprend sa forme de dieu grec. Comme sous le lit de Sophie lors de notre première rencontre. Il ouvre doucement les yeux. En voyant nos visages défaits, il sourit.

— Arrêtez d'oublier que je suis un dieu immortel !

Il en a de bonnes ! Il avait l'air sacrément décédé !

— Dépêchez-vous ! Le Titan m'a repéré et m'a attaqué. Il veut certainement kidnapper Laura.

Alors, moi je veux bien, mais Laura a l'air très consentante pour une victime de kidnapping. Pourquoi est-ce qu'elle se laisse manipuler comme ça ? C'est frustrant de la voir si faible ! Elle n'a pas besoin de l'approbation de sa mère pour exister ! Et encore moins d'un Titan déguisé en sa mère ! Mais je suppose que c'est facile à dire pour moi. Mes parents sont maladroits, mais ils me prêtent attention.

Nous suivons la foule massée autour d'une voiture noire. Le Titan et notre amie sont déjà sur le point d'y monter. Je crie de toutes mes forces pour couvrir la foule :

— Laura ! Ce n'est pas ta vraie mère !

Elle lève les yeux.

Nous nous tenons sur la butte qui entoure le parking gravillonné. Sophie dirige ses plantes avec sa faucille pour qu'elle voie le corps inanimé de sa mère.

— Regarde ce qu'elle… il ? lui a fait ! C'est un Titan !

Le visage de Laura se décompose. Le Titan à côté d'elle nous jette un regard mauvais puis se penche vers notre amie en lui caressant les cheveux. La citrouille en or s'illumine alors. Laura semble aspirer sa lumière. Ce fameux éclat maléfique dont elle nous a parlé.

Elle pivote vers nous, le visage fermé. Tous les invités de la fête la regardent, sauf sa vraie mère, endormie. Quelle ironie. Malgré les témoins, sans une hésitation, nous l'entendons hurler :

— *Megas !*

Et elle se transforme en héroïne. Sa cape dorée répond à la lueur de la citrouille. Elle saisit alors son arc d'Aphrodite et décoche une flèche vers moi. Pas très sympa pour une héroïne. J'ai juste le temps de rouler sur le côté pour l'éviter.

— Laura ! Qu'est-ce qui te prend ? hurle Sophie. C'est nous ! Les Magic Olyyymp…

En guise de réponse, Sophie reçoit une flèche que sa plante intercepte juste à temps. Mégane brûle celle que Laura lui réserve à mi-chemin grâce à sa torche. La foule, soumise au charme impitoyable de Laura, nous fait obstacle et tente de nous bloquer.

— Laura est complètement sous emprise ! s'écrie Nour qui utilise son casque d'Athéna. Elle veut plaire à sa mère plus que tout. Et sa mère… enfin le Titan a dit

que nous lui mentions. Que nous étions une menace dans leur relation, de mauvaises fréquentations ! Alors elle cherche à nous mettre hors d'état de nuire.

— Oui, bah, elle aurait dû nous ghoster et nous bloquer sur les réseaux comme tout le monde ! Il va falloir qu'elle arrête avec ses flèches ! je réplique.

Malgré son hostilité, nous ne voulons surtout pas la blesser. Ni les invités. Mégane contrôle son feu et ne l'utilise que pour se défendre en réduisant les flèches qui la ciblent en cendres. Sophie n'y va pas aussi fort qu'elle le voudrait avec ses plantes, d'autant plus qu'elle doit aussi protéger la vraie mère de Laura, toujours maintenue dans son cocon.

J'observe Laura qui nous poursuit en nous ciblant avec son arc. Son carquois semble inépuisable, de nouvelles flèches y réapparaissent sans cesse. Quelle arme pourrait venir à bout de Laura ? L'amour semble plus puissant que le feu, l'eau et les plantes… À moins que…

— Fuyons vers la piscine ! je lance. J'ai besoin d'eau.

Nous courons vers la maison et entraînons Laura à notre suite. Elle nous chasse… comme Artémis, la déesse qui m'a donné son arme. Eh oui, c'est moi qui tiens de la déesse chasseresse, pas Laura. Cette dernière ne réalise pas que c'est elle qui est chassée. Et elle tombe pile dans mon piège. Dès qu'elle est suffisamment proche, je lance mon boomerang et une vague émerge de la piscine pour entraîner Laura vers moi. Elle tente de résister, en vain. L'eau est trop puissante… et si magnifique entre la lumière de la lune et celle des citrouilles. Les lumières y dansent en une multitude de reflets. La vague s'abat devant moi dans un fracas et la silhouette dégoulinante de Laura apparaît. Elle est à genoux, sonnée par cette grande claque chlorée. J'espère que mon idée est la bonne. Si elle ne m'entend pas, alors je vais lui transmettre mon amour à ma façon. Et lui rappeler que si sa mère ne lui en donne pas assez, nous, on en a plein en réserve. Le Titan l'a manipulée en utilisant son besoin d'amour, moi, je vais le combler. Sans lui donner le temps de se reprendre, je me précipite vers elle, saisis une flèche dorée dans son carquois. Puis je lui transperce le cœur avec.

La flèche se dissout dans ma main en une poussière étoilée. Laura me fixe, foudroyée de surprise. Elle semble blessée et je sens monter en moi une vague… de culpabilité cette fois. Puis elle tend les bras vers moi et me serre contre elle.

— Merci.

Quand Ophélie retourne ma propre flèche contre moi, je suis écrasée par l'intensité des émotions qui me traversent. Soudain, je prends conscience de ce qui m'entoure. Des invités qui donneraient leur vie pour moi, de mes amies qui cherchent à me ramener à la raison, de ma mère inconsciente... La culpabilité me submerge. J'ai passé la soirée à me faire cajoler par cette femme. Je voulais tellement que ce soit elle ma vraie maman que j'ai nié l'évidence. Ma mère n'a jamais été tendre avec moi et ce n'est pas maintenant qu'elle va commencer. À quoi bon chercher à lui plaire ou me transformer en une poupée docile ? Je voulais gagner pour elle, pour qu'elle me donne ce que je n'ai jamais obtenu. Tous les trophées sous mon lit, c'était pour elle. Je me suis laissée leurrer. J'ai été aveuglée par l'éclat brillant de cette récompense en or...

Ophélie me rend mon étreinte avec force.

Nour et Mégane se rapprochent également de moi. Hermès est même posé sur le casque d'Athéna. Les invités qui m'aimaient tant il y a une minute ont fini par s'abriter du combat en se réfugiant dans la maison. Je distingue la tête d'âne d'Héloïse par terre.

Ils m'ont tous abandonnée, mais seuls comptent les quatre filles et le dieu qui m'entourent. Sans aucune idée de ce qui s'est passé, ma mère dort toujours dans l'alcôve que Sophie a confectionnée avec ses plantes.

Ma gorge se noue. J'ai l'impression de faire un effort surhumain, mais le mot redouté parvient finalement à sortir :

— Pardon.

Je le murmure péniblement. Ophélie me rassure :

— On verra ça plus tard ! On a un Titan à rattraper.

J'essuie mes joues et brandis mon arc avant de me précipiter vers le parking. En lieu et place de ma mère, la citrouille dorée dans les mains, une grande femme vêtue d'or, les cheveux surchargés d'ornements et les bras de bijoux, nous fait face.

— Théia, la Titanide des métaux précieux, s'exclame Hermès en la reconnaissant. J'aurais dû y penser.

L'éclat dans le plateau, dans la poignée et dans mon trophée, c'était elle ! Peut-être qu'Hermès aurait pu la reconnaître si j'avais parlé du trophée… C'est vrai que la plupart des poignées de porte et les plateaux ne sont pas faits dans un métal précieux. Avec le trophée, il aurait peut-être pu y voir un lien. Je tâche de ne pas me laisser distraire, ce n'est pas le moment de culpabiliser.

— Merci de faire les présentations, dit-elle avec un sourire suffisant. Mais mes pouvoirs ont évolué dans ce nouveau monde de mortels. Appelez-moi Théia, Titanide des métaux précieux ET de l'avidité. Le sens de la compétition exacerbé des mortels m'a permis d'évoluer.

Je crois comprendre ce qu'elle explique. Dans mon milieu où tout le monde se compare tout le temps, l'or littéral est devenu l'or métaphorique. Elle s'est servie de nos désirs… et mon plus grand désir, mon or à moi, je le comprends maintenant : c'était de plaire à ma mère.

Elle me fixe à présent d'un regard furieux, méprisant. Il m'est familier… Pas étonnant que je l'ai prise pour ma mère.

— Tu m'aurais suivie, petite idiote. Il a suffi d'être un peu gentille avec toi. J'ai bien fait de te choisir pour cible, un si grand pouvoir pour une si faible héroïne. C'était presque trop facile.

— Pas si facile que ça puisqu'elle n'ira nulle part, clame Mégane qui surgit derrière moi.

La Titanide ignore sa remarque. De sa main jaillit un liquide métallique qui prend la forme d'une lance argentée. Elle brille dans la nuit. Magnifique. Mais ça fait tout de suite moins envie quand elle est pointée vers moi.

— Je pensais pouvoir te rallier à notre cause sans avoir à te tuer, mais il est temps d'utiliser la méthode préconisée par Cronos.

Cronos ! Alors elle est bien en contact avec lui. La Titanide me fonce dessus avant que j'aie le temps de bander mon arc. Heureusement, un buisson d'hortensias l'intercepte et ses tiges s'enroulent autour de sa lance. C'est Sophie qui l'a dirigé vers elle, la faucille en avant. Elle m'a sauvée. La Titanide se dégage dans une gerbe de pétales tranchés vifs.

— Théia, je peux vous aider à nettoyer votre argenterie ? demande alors Ophélie, moqueuse.

Elle est derrière elle. Je ne sais pas comment, mais elle est parvenue à tirer l'eau de la piscine olympique jusqu'au parking avec son croissant de lune. D'un coup, elle lui assène les 3 750 mètres cubes d'eau sur la tête. Théia s'effondre comme moi un peu plus tôt. Nous sommes toutes bousculées par ces gerbes d'eau qui montent jusqu'aux toits des voitures.

— Elle est à terre ! nous avertit Nour.

Profitant de son malaise, Mégane projette les flammes de sa torche pour l'encercler. Malgré le sol mouillé, les flammes magiques se dressent sans peine autour d'elle, voraces et menaçantes. Nous nous rassemblons également autour de la Titanide, nos armes pointées vers elle. Nous haletons, déjà épuisées par la bataille. Mais nous n'osons pas faire feu. Nous devrions peut-être ? Théia reprend conscience trop vite pour que nous puissions discuter entre nous. Elle se relève et nous toise avec dédain.

— Eh bien, en voilà de fières héroïnes des dieux.

— Écoute, on fait ce qu'on peut, lâche Ophélie.

— Je ne vous aurais pas fait de mal si vous m'aviez laissée récupérer l'arme d'Aphrodite… et sa porteuse si elle avait eu un peu plus de jugeote.

— Tu vas nous lâcher la grappe et ne rien récupérer du tout, oui ! assène Mégane.

— Dommage, dit-elle en me fixant. Nous avons des valeurs communes. On aurait pu s'entendre.

— Rends-toi, lance Hermès qui vole au-dessus d'elle.

Elle lance un regard dédaigneux vers le pigeon divin.

— Il y a une différence fondamentale entre nous, Hermès.

Elle éclate alors de rire.

— Moi, je n'ai pas peur de me faire remarquer !

Ne croyez pas que vos petites flammes vont me retenir. Les métaux fondent à des températures bien plus élevées.

Elle brandit sa lance. Oh non ! Elle ne va pas... Hermès nous a parlé des téléportations divines, mais qu'en est-il pour les Titans ? Ils peuvent faire ça, aussi ?

— Reculez ! s'écrie Hermès.

Trop tard. Elle abat sa lance sur le sol. Un éclair noir jaillit du point d'impact et j'ai soudain le souffle coupé. Les plantes de Sophie attrapent Ophélie, Mégane et Nour, mais me manquent de peu. Je n'entends plus rien, quand je sens le souffle de l'explosion. Je suis projetée en arrière sans rien pouvoir faire.

Mes oreilles sifflent... je ne vois plus rien. Puis je distingue des cris. Il fait sombre, une épaisse fumée s'est abattue sur le jardin. Je sens soudain qu'on attrape ma tunique et qu'on me tire de toutes parts.

La brume noire se dissipe enfin et le ciel étoilé apparaît au-dessus de moi. Je tousse. La fumée a un goût âcre. Je sens un filet de bave couler sur ma joue, c'est dégoûtant. Je plisse les yeux et vois alors Lauren, Marilyn et Betty qui m'observent tel un gentil cerbère. Elles sont venues me chercher. Je me redresse et les caresse autant que je peux. Elles sont vraiment incroyables.

— Tes chiennes sont des héroïnes! s'exclame Sophie en me sautant dessus.

Elle est indemne, tout comme les filles qui accourent vers moi. Elles m'étreignent, flattent Betty, puis Marilyn et Lauren qui l'ont bien mérité.

Hermès se perche sur mon épaule.

— Tu m'as fait peur. Les filles ont pu y échapper de justesse et les invités étaient loin, mais Théia n'y est pas allée de main morte.

— C'est ça que vous appelez une téléportation? demande Ophélie. Tu m'étonnes que tu ne veuilles pas faire ça à l'internat.

— Non, elle ne s'est pas seulement téléportée, explique Hermès. Elle a tenté le tout pour le tout en faisant appel aux pouvoirs minéraux des métaux précieux qui la lient à sa mère Gaïa.

— Elle aussi a voulu nous tuer, constate Mégane.

— Mais elle a d'abord essayé une autre méthode, dis-je. Elle me voulait vivante.

Peut-être qu'elle ne m'aimait pas et qu'elle m'a manipulée, mais contrairement à Cronos, elle a envisagé une autre solution que de simplement me tuer.

— Tu as une idée de comment expliquer tout ce désordre aux mortels qui ne sont pas dans le secret ? demande Ophélie à Hermès en lui désignant la maison.

Le pigeon divin secoue ses plumes comme s'il haussait les épaules.

— Un feu d'artifice qui a mal tourné ?

Nous entendons alors un cri déchirant. Puis nous voyons passer une fusée en pyjama en soie. Ma mère, la vraie, se lamente comme une tragédienne :

— Mon SUV ! C'est pas vrai… Il est complètement défoncé ! Mais qu'est-ce qui s'est passé ?!

Oups… La Titanide a bien fait une victime finalement. Étrangement, je ne suis pas si dérangée que ça que sa première pensée aille d'abord vers sa voiture avant d'aller vers ma sécurité. Entourée de mes amies, d'un vieux pigeon

et de mes chiennes dans mon jardin dévasté, je me sens enfin chez moi. Et ça, ça vaut tout l'or du monde.

CHAPITRE 12

PAS BESOIN DE FLÈCHES

— **Maurice**, tu n'es pas maire de cette ville pour rien ? À qui dois-je m'adresser pour obtenir des dommages et intérêts, au juste ? On parle d'un feu d'artifice tombé sur ma VOITURE !… Oui, j'entends bien, Maurice, ce n'est pas de ton ressort, mais si je ne suis pas indemnisée dès demain, tous les journaux en parleront, crois-moi ! Et au passage, on a une invasion de lierres grimpants ! Et je sais bien qu'il y a des restrictions en temps de sécheresse mais on est le 5 novembre, pourquoi a-t-on vidé ma piscine ?

Ma mère s'éloigne et finit par rentrer dans la maison d'un pas furieux en claquant la porte de la véranda derrière elle. Les filles et moi reprenons notre discussion, nos pieds pendus dans la piscine vide.

— Ta mère me terrifie, admet Mégane. Quand elle est là, j'ai l'impression que tout ce que je dis pourrait être retourné contre moi.

— Moi aussi. Quand c'est comme ça, je passe en mode invisible, dit Sophie.

— En mode invisible ? demande Nour.

— Tu vois, explique-t-elle d'un ton de conspiratrice, quand il y a de l'embrouille dans l'air à la maison, j'arrête de parler, de respirer, de bouger… Je me mets en mode invisible.

— Là, pas besoin, elle est tellement occupée qu'elle fait encore moins attention à nous qu'avant, commente Ophélie.

— C'est pas plus mal, c'est vrai, j'acquiesce.

Hélas, mes amies ont raison de craindre ma mère et je commence à accepter que je n'ai effectivement pas de chance du côté de mes parents. Un jour, ça s'arrangera peut-être avec eux, mais en douze ans, ils ne m'ont pas donné beaucoup de raisons d'espérer. Heureusement, je peux compter sur mes quatre meilleures amies qui ne m'ont pas lâchée, même en apprenant que j'avais commis le pire par désespoir, deux ans plus tôt lors d'un tournoi de tir à l'arc, alors que je pointais ma flèche vers Héloïse.

Ces derniers jours, j'ai enfin osé y repenser et j'en ai parlé de moi-même aux filles. Pour une fois que mes parents étaient venus m'encourager au tournoi, il a fallu que je perde face à elle. Je me souviens de mon désespoir à chaque fois qu'elle marquait des points. Elle était plus forte que moi ce jour-là. Ça arrive. C'est toujours dur. Dans le public, j'ai vu mes parents se détourner alors que je cherchais leur regard. Mon père était sur son téléphone mais ma mère, elle, refusait tout bonnement de me regarder en face. Je lui faisais honte. Je me rappelle mes mains tremblantes de rage et de frustration. Je revois encore au ralenti le visage terrifié d'Héloïse quand j'ai tourné l'arc vers elle. Je n'allais pas tirer. Je ne voulais pas tirer. J'étais juste tellement impuissante. C'était comme si un démon… ou un Titan avait pris possession de moi.

Non. Je ne peux blâmer personne d'autre que moi-même. En réalité, toute la frustration que j'avais accumulée a explosé lorsque je l'ai visée. Je voulais juste un peu de pouvoir sur la situation. Je devais effacer ce sourire triomphant de son visage. Il fallait que je lui fasse peur et que je reprenne le contrôle. La compétition m'a rendue folle.

C'est dur de se pardonner quand on fait une chose pareille mais je sais que je ne le ferai plus. Parce que je me suis regardée en face et que je n'ai pas juste balayé mes problèmes sous le tapis comme mes parents m'ont appris à le faire.

— Pauvre maman, je poursuis, en l'ensorcelant, Théia lui a donné les pires migraines. Et puis, il y a le salon qui a été dévasté, le SUV défoncé, certaines voitures mystérieusement inondées, le lierre prolifique de Sophie et la piscine vidée par Ophélie…

Elles piquent un fard.

— Désolée, dit Sophie.

— Je le referai plus, promis ! ajoute Ophélie.

— Qu'est-ce que tu ne referas plus ? Me sauver la vie ? je demande. Ça, tu peux le faire autant que tu veux. Les dommages collatéraux… c'est le problème de… Maurice ?

Ophélie me lance un regard interloqué. J'éclate de rire et les filles se joignent à moi.

— En tout cas, les Ruisselettes parleront de cette soirée encore longtemps, commente Mégane.

— Les Rivierettes ! je la corrige.

— Qu'est-ce qu'Héra leur a fait avaler déjà ? demande Ophélie. C'était du grand art !

— Les machines à fumer de l'entrée diffusaient une substance hallucinogène et tous les invités y ont été exposés, énumère une voix familière derrière nous.

Héra sous les traits d'Ella est de retour, flanquée d'Hermès en tenue de tennis. Elle porte un ensemble tailleur-pantalon léger du meilleur goût avec un très joli canotier. Elle est arrivée le lendemain de la soirée d'Halloween et s'est transformée en inspecteur de police venu enquêter sur ce qui s'était passé pendant la fête. C'est là qu'elle a inventé cette histoire de machine à fumer hallucinogène (« On vous a vendu un modèle interdit depuis 2013 par la Commission européenne, madame ! »). Anne Barré, qui était venue chercher ma mère pour une réunion du club des Rivierettes, a tout entendu et l'histoire s'est répandue comme une traînée de poudre.

— Vous avez fini vos valises ? demande Héra.

— Affirmatif, répond Ophélie.

— Tout a été plié ou roulé avec soin, je réponds, j'y ai veillé personnellement.

— Tu es une cheffe, me dit Héra avec un sourire.

— Une dictatrice, oui, grommelle Ophélie.

J'ai réveillé mes amies aux aurores pour que nos affaires soient prêtes à l'heure. Je refuse de remonter dans une voiture conduite par un dieu et, comme mes parents ne seront pas disponibles, j'ai tout organisé pour qu'on prenne le bus.

— C'est pour ça que vous m'aimez, j'affirme en riant.

— Sérieusement, c'était gentil de m'aider pour mes devoirs. Pour une fois, j'ai tout fini ! Mes parents étaient contents, se réjouit Sophie.

Ça n'a pas été une partie de plaisir mais je voulais tenir la promesse faite aux parents de mes amies. Déjà que je leur avais menti en faisant passer Hermès pour ma mère. Alors une fois la menace de la Titanide écartée, j'ai organisé des sessions de travail collectif. Au départ, tout le monde râlait… même Nour ! Mais

nous avons réussi à travailler harmonieusement. J'ai trouvé comment débloquer un peu Sophie avec les maths : je lui présente les exercices avec des métaphores ou des énigmes, ça la motive et l'amuse beaucoup plus. On a appelé ça les « escape maths » ! C'est beaucoup de travail, et je ne pourrais clairement pas faire ça tout le temps, mais ça me plaît bien.

Nous avons fini nos devoirs avec un jour d'avance et nous avons donc pu profiter à fond de nos derniers moments. Pique-nique à la plage avec les axolotls dont on a fait de super photos, cours de cuisine avec Marie, promenade avec les chiennes, cueillette d'olives au Jardin des arènes de Cimiez qu'Hermès et Héra ont jugées vulgaires parce qu'elles sont romaines et non grecques. Et surtout, fin du marathon de films d'Halloween.

— Voilà qui fait plaisir, dit Héra. Vous aurez quand même pu profiter de ce séjour ensemble. Je m'excuse encore d'avoir été absente si longtemps. Mais avec l'évasion des Titans et Titanides, nous avons dû revoir tout notre système de sécurité, et ce sans réveiller Hadès. Il y avait beaucoup de choses à gérer en bas.

— En haut aussi, hein ? fait Ophélie. Parce que de votre côté, votre problème, c'est qu'ils n'étaient pas là. Nous, notre problème, c'est qu'ils… enfin, elle était là… Je pense que notre situation aurait pu passer en priorité.

— Je sais, soupire Héra. Je ferai plus attention à l'avenir.

Ophélie hoche la tête. Même si nous avons pu passer de vraies vacances ensemble, une menace rôde toujours. Cronos a libéré Théia, ainsi que quatre autres Titans… Quatre nouvelles menaces. Sans compter les deux premiers qui courent toujours. Nous avons du pain sur la planche. Mais au moins, nous savons de qui il s'agit grâce à Héra et nous pouvons nous préparer à les affronter avec leurs pouvoirs spécifiques… même s'ils risquent d'évoluer. C'est ce qui est arrivé avec Théia, raison pour laquelle Hermès et Héra avaient du mal à la reconnaître. Sans compter mon omission d'un certain trophée. Théia, la Titanide des métaux précieux, a utilisé l'avidité que provoque l'éclat de l'or sur nous autres les mortels. Elle a tiré sa puissance de notre sens de la compétition.

J'ai d'ailleurs enfin montré ma chambre à mes amies avec tous mes trophées sous le lit. Accumulés comme ça à prendre la poussière dans l'obscurité, ils avaient l'air d'un ramassis de déchets.

— Tu veux en faire quoi ? a dit Nour avec douceur.

— Vous pensez que ça pourrait servir à quelqu'un ? j'ai demandé, hésitante.

Sur Internet, nous avons trouvé une association sportive de quartier qui récupérait les trophées pour peu qu'on en ôte les plaques. Nous sommes descendues en ville pour les déposer à leur local. La dame qui nous a accueillies était impressionnée et m'a dit qu'ils en feraient bon usage.

Je me suis sentie beaucoup plus légère après ça.

La mission suivante a été de convaincre mon père, revenu de son voyage d'affaires, de la nécessité de sortir les chiennes régulièrement. Svetlana et Sharona m'en ont parlé quand je suis allée prendre le thé chez elles avec les filles : les pauvres Betty, Marilyn et Lauren s'ennuient dans le jardin. Mais ça, mon père ne peut pas l'entendre. Alors, nous avons fomenté un complot et rallié ma mère à ma cause.

Elle a convaincu mon père de se mettre au jogging (Jérôme Barré va courir tous les matins, lui) et depuis, il fait d'une pierre deux coups et sort sur la promenade avec les chiennes chaque jour à huit heures et à vingt et une heures. Alors oui, ce n'est pas pour leur plaisir à elles, mais je vais le harceler pour qu'il poursuive cette routine ! Je suis même prête à faire une grève des bonnes notes !

Enfin, il y a une dernière chose que je dois faire avant de partir. Ce sera sur le chemin jusqu'à l'arrêt de bus. D'ailleurs, c'est l'heure. Nous nous levons et allons dire au revoir à Marie qui nous a préparé des gâteaux pour le voyage.

Je passe une tête dans le bureau de mon père puis dans le salon de ma mère. Ils sont tous les deux au téléphone et me font juste un signe de la tête. Ça me fait un petit pincement au cœur, mais il est vite chassé quand je retrouve les filles. Nous allons chercher nos valises gaiement et abandonnons la Pool House où nous avons au final passé de très bons moments.

Héra et Hermès nous accompagnent. Évidemment, en chemin vers l'arrêt, il se met à pleuvoir. Nous nous mettons à courir, dévalant comme nous pouvons la pente escarpée qui nous conduit à l'arrêt de bus en faisant rouler et cahoter nos valises. Hermès passe derrière un arbre duquel tombe une pluie de feuilles d'or et se change de nouveau en pigeon. Il plane au-dessus de nous.

— Vous êtes sûres pour la voiture ? On irait plus vite jusqu'à la gare si je vous y conduisais, insiste Héra.

— Oui, certaines ! Ce sera encore plus dangereux par ce temps…, je lui lance tout en filant.

— Et puis, les Magic Olympe n'ont pas peur de se mouiller ! Contrairement aux vieux pigeons ! renchérit Ophélie.

Mon cœur bat à toute allure, je suis essoufflée mais je n'arrive plus à m'arrêter. Je me sens tellement libre quand je pars de chez moi. Avec mes amies, malgré nos bagages, nous courons si vite que j'ai l'impression qu'on pourrait s'envoler. Enfin, l'arrêt est en vue. Nous reprenons péniblement notre souffle sous l'abribus. Le 98 ne va pas tarder. Je dois me dépêcher. Je sors ma lettre de mon sac. J'ai eu tellement de mal à l'écrire. Heureusement que les filles étaient là.

Le bus tout rouge apparaît au loin. Je me précipite vers la boîte aux lettres du coin de la rue et y fourre la lettre sans réfléchir. Le nom d'Héloïse Barré disparaît dans la fente métallique.

C'est une lettre assez courte mais les mots les plus importants y sont écrits. « Je suis désolée. » Je n'attends pas son pardon. J'espère que ça l'aidera de savoir que je regrette. Mais de plus grands défis m'attendent. Nous avons six Titans à affronter. Six ! Contrairement à Héra, je ne fais pas de divination avec les entrailles de fourmis, mais je sais que ce sera difficile. Seulement, j'ai enfin trouvé de vraies amies qui vont se battre à mes côtés.

Je ne suis plus seule.

À SUIVRE...

L'AVENTURE DES MAGIC OLYMPE CONTINUE !

Magic Olympe

3 POUR L'AMOUR DES DIEUX

Bientôt en librairie !

À PROPOS DE L'AUTEUR

Théo Kotenka et T. Pralinus sont une seule et même personne qui, comme les Magic Olympe, mène une double vie. S'il ne sauve pas le monde avant de faire ses devoirs, il écrit et illustre ses histoires. Et il a plus de deux cordes à son arc, étant aussi chercheur et comédien à ses heures. Fan de *Magical Girls* et de mythologie, il unit ses deux passions sur cette série.

Apprends à connaître tes Magic Olympe au fil des tomes !

2

LAURA

Âge : 12/13 ans

Signe astrologique : Taureau

Groupe sanguin : A-

MBTI : ESTJ

Couleur préférée : le vert

Animal préféré : le chien

Plat préféré : la socca

Passion : le tir à l'arc, gagner et les vieux films

Style vestimentaire : *Preppy nouvelle vague*

Fan de : Katharine Hepburn et Lauren Bacall

Achevé d'imprimer en septembre 2025
Par Normandie Roto Impression
Dépôt légal : octobre 2025 – 157517 (2504140)
Imprimé en France